SEDUÇÃO DIABÓLICA

Título Original:
"A Serpent of Satan"

BARBARA CARTLAND

Barbara Cartland Ebooks Ltd

Esta Edição © 2020

ISBN
9781782136125   PAPERBACK

Book design by M-Y Books
m-ybooks.co.uk

CONTEÚDO

CAPÍTULO I
1802

O Conde de Rochester dirigiu seus quatro cavalos, fazendo-os parar, enquanto observava a admiração no rosto do ajudante.

–Tome conta deles, Jason!– ordenou, enquanto descia da carruagem.

O empregado tocou a campainha e a pesada porta da residência de *Lord* Langstone, em Park Lane, foi aberta imediatamente por um mordomo, vestido com as cores da família, azul e amarelo.

O Conde conhecia muito bem aquelas cores. *Lord* Langstone sempre competia nas corridas, onde invariavelmente Rochester o vencia. Era assim em todos os esportes que praticava.

O empregado continuava olhando, admirado, assim como todos os outros criados que permaneciam parados na entrada de mármore da mansão. Não havia nada que os ingleses admirassem mais do que um esportista.

Para os fãs das corridas, o Conde era o 44, *rei dos esportes*. Comentava-se muito também seu desempenho excelente em outras atividades, mas, destas, as pessoas só falavam aos cochichos.

Quando o mordomo se aproximou, o Conde perguntou:

–A senhora está?

–Sim, senhor. Vou informá-la da sua chegada.

O mordomo seguiu adiante, subindo por uma escadaria pela qual já tinham passado muitas pessoas ilustres, e conduziu o Conde a um salão que tomava toda a extensão da casa.

Parecia um aposento construído especialmente para festas. Os candelabros de cristal refletiam à luz do sol que vinha das janelas. As flores, sem dúvida trazidas da fazenda de *Lord* Langstone, enchiam o ar com seus perfumes.

O Conde caminhou, preguiçosamente, pelo tapete e, só depois que o mordomo fechou a porta atrás de si, viu que não estava sozinho. No outro extremo do salão, arrumando algumas flores, havia uma jovem distraída, só percebeu sua presença quando ele chegou ao meio do aposento. Virou-se e o olhou diretamente nos olhos.

A expressão, para surpresa dele, era de medo.

O Conde estava acostumado a receber os mais variados olhares, de mulheres de todas as idades. Mas nunca tinha sido olhado com medo A expressão mais comum era de adoração.

Notou que a menina, ela não passava disso, estava extremamente perturbada e rapidamente, pegou as flores que ainda não tinha colocado no vaso e começou a andar em direção à porta.

Entretanto, para sair dali, precisava passar pelo Conde. Quando se aproximou mais, ele viu que era uma moça muito bonita, de uma beleza suave. Devia ter dezessete ou dezoito anos, avaliou, com olhos experientes e estava vestida com uma roupa bem simples e ligeiramente fora de moda. Na cintura fininha, usava uma faixa de cetim azul.

—Acho que devo me apresentar— disse, quando ela parou a poucos centímetros de distância.

—Eu sei... quem é, meu senhor— murmurou, pouco à vontade—, e eu... eu não devia estar aqui. Estou... com medo... de ter perdido a noção do tempo.

—Não. Na verdade, cheguei um pouco cedo.

E era verdade. Tinha dirigido os cavalos com tanta rapidez, pelo parque, que estava pelo menos vinte minutos adiantado para o encontro marcado com *Lady* Langstone.

—Eu... eu preciso... ir.

As palavras eram quase um murmúrio, mas ele as ouviu, e deu dois passos na direção da porta, interceptando o caminho.

—Antes que você saia, e como já sabe quem eu sou, acho justo que me diga quem é.

Ela o olhou e novamente seus olhos estavam cheios de medo.

Como se sentisse que era obrigada a responder, disse:

—Eu sou... Ofélia Langstone, meu senhor.

—Está me dizendo que é a filha de *Lord* Langstone?

—Sim, senhor.

—Mas, do primeiro casamento, naturalmente?

—Sim, senhor.

—Então, acho que sua madrasta vai apresentá-la à sociedade nesta estação, não é? Ou você ainda está na escola?

Houve um intervalo de silêncio. Depois, com um tremor na voz, Ofélia respondeu:

—Eu... não serei apresentada, senhor!

O Conde ergueu as sobrancelhas, espantado. Ao mesmo tempo, lembrou-se de *Lady* Langstone. Claro, ela não gostaria de acompanhar uma enteada. Principalmente, sendo tão bonita.

Ofélia olhou para a porta e depois para o Conde.

Ele ficou esperando a reação dela, achando que possuía uma beleza estranha, diferente, mais ligada ao passado do que ao presente. Não tinha nada em comum com o tipo de beleza em moda na época, ditado pela duquesa de Devonshire, nem a atração da mulher madura, tão divulgada pela Sra. Fitzherbert.

Seu rosto era clássico, oval, com um nariz muito reto e os lábios formando curvas perfeitas. Tinha algo de espiritual que dificilmente se encontra em moças tão jovens.

O Conde era um conhecedor de mulheres. Escolhia suas amantes do mesmo modo como julgava seus cavalos ou selecionava um bom prato c um ótimo vinho. Ficou imaginando onde já teria visto aquele rosto e aquela moça que tinha atraído sua atenção desde que entrara no aposento.

Percebeu que ela parecia ter algo a lhe dizer e olhava amedrontada para a porta, como se sentisse medo de que alguém entrasse. A voz dela saiu baixinha.

—Posso... pedir... uma coisa... ao senhor?

–Naturalmente.

–Lembra-se de Jem Bullet– o Conde franziu a testa. O nome lhe parecia familiar, mas não conseguia situá-lo.

–Jem Bullet?

–Foi seu cavaleiro… seu empregado… há alguns anos.

–Oh, mas é claro! Jem Bullet! Um ótimo cavaleiro. Ganhou várias corridas para mim.

–Então, pode… fazer algo… por ele… agora?

O Conde estava confuso.

–Fazer algo por ele? Mas esse homem deixou de ser meu empregado.

–Ele sofreu um acidente.

– Oh, sim! Agora me lembro. Ele teve um acidente. Eu o aposentei.

– Sem nenhuma pensão!

–Isto, não é verdade.

A voz do Conde estava agressiva.

–Nunca, em toda a minha vida, Srta. Langstone, e isto é absoluta verdade, aposentei um homem ou uma mulher que me tivessem servido bem, sem lhes garantir o futuro.

–Mas não Jem Bullet.

Agora, a voz dela tinha um tom que o Conde percebeu ser de crítica. Abriu a boca para responder, mas naquele momento ouviu um som do lado de fora da porta. A jovem á sua frente começou a dizer, em uma voz que ele mal conseguia ouvir tudo.

–Por favor, por favor, não conte à minha madrasta que… falou comigo.

Estava quase chorando, sem dúvida, de medo. Então, com a leveza e a rapidez de uma brisa, ela passou por ele, antes que a porta fosse aberta.

Mas a pessoa que temia não estava lá. Era apenas o mordomo.

Ofélia passou por ele, sem uma palavra, e desapareceu no interior da casa.

—A senhora pede que me acompanhe— disse o mordomo—, ela pede que o senhor venha até o seu *boudoir*, a pequena sala íntima, perto do quarto.

Era o que o Conde esperava. Seguiu o mordomo.

No caminho, descobriu-se tentando ver algum sinal de Ofélia, mas só percebeu o silêncio da casa imensa e o roçar dos próprios passos nos tapetes.

—Jem Bullet!

Pronunciou o nome baixinho, lembrando agora perfeitamente do homem inteligente, que montava seus cavalos e sempre ganhava todos os prêmios.

Lembrou-se do acidente. Tinha-se sentido triste e desapontado, ao saber que Jem Bullet não poderia mais montar, mas naturalmente, havia providenciado uma garantia para seu futuro, como sempre fazia.

Ficou imaginando como Ofélia havia recebido aquela informação falsa, e porque estaria preocupada com os empregados de outras pessoas. Pensando nela, percebeu que sabia bem pouco sobre os Langstone. A não ser que, *Lady* Langstone o perseguia há algum tempo.

Para o Conde, não era nenhuma novidade, ser perseguido, por aquele tipo de mulher. Era um alívio saber, que as mães de mocinhas casadouras o evitavam a qualquer custo. Tinha até ficado um pouco desconcertado, quando foi aceito na melhor *sociedade* da Corte.

Só seus melhores amigos, e eram bem poucos, conheciam a personalidade complexa de Gerald Wilmot e os motivos que o levaram a escolher o Condado de Rochester, quando o Rei lhe ofereceu um título.

Todos os antigos senhores de Rochester, tinham fama de galanteria e rebeldia. A começar pelo primeiro Conde, descrito por seus biógrafos como *"bravo, humano e um boêmio de bom coração".*

Gerald não só admirava esse homem que havia vivido cem anos antes, como também se identificava com seus problemas familiares. Ambos tiveram mães puritanas e dominadoras que censuravam seus excessos de bebedeiras, e de certa forma eram as responsáveis por eles.

As coincidências não paravam aí, como o primeiro Conde, Gerald também ocupava um cargo na *Câmara dos Lordes,* que assumiu aos vinte e um anos, depois da morte de seu pai, *Lord* Wilmot, e se interessava bastante pela Marinha.

Denunciava apaixonadamente a política com que a Marinha estava sendo conduzida, com os marinheiros demitidos ou aposentados, logo após a assinatura do Tratado de Amiens, em março de 1802.

Entretanto, muito antes disso, já havia-se distinguido por sua bravura e imaginação.

Tinha trazido, com toda segurança, um grande número de fugitivos da Revolução Francesa, cujas cabeças estavam ameaçadas pela guilhotina.

Foi como recompensa por esse feito que o Rei George III lhe ofereceu um título. Sem hesitar, sabendo que deixaria a mãe furiosa, Gerald Wilmot respondeu:

—Se Sua Majestade não se importa, quero ser o novo Conde de Rochester.

Na ocasião, o título estava sem herdeiro e o condado quase extinto, e o ex-estudante boêmio, que os colegas de Oxford chamavam de Gerald "Rake" Wilmot, preparou-se para seguir os passos de seu antecessor. Principalmente, ao que tudo indicava, em relação às damas.

Levava uma vida alegre, despreocupada, com amigos em toda parte e principalmente na corte do Príncipe de Gales e da Rainha, que, aliás, o considerava libertino demais para ser uma boa companhia para o jovem Príncipe.

Se o primeiro Conde, John, tinha sido um demônio com as mulheres, "Rake" levava sobre ele a vantagem de ser um homem extremamente bonito, que combinava a audácia com o cinismo, um sorriso simpático e uma língua ferina.

Só numa coisa eram completamente diferentes. John tinha-se apaixonado por Elizabeth Barry, a quem dedicou poesias, e não havia na vida do atual Conde ninguém que inspirasse versos como os que o outro escreveu: "*Eu só lhe estou fazendo justiça, amando-a, como nunca mulher alguma foi amada*".

Às vezes, Earl encontrava alguém atraente, mas nenhuma dama ouvira dele o que Elizabeth Barry ouvira de John:

"Quando com a arte do amor sem resistência, com seus olhos ela me escravizou".

Rake nunca se tinha sentido assim. Nunca havia sido escravizado por uma mulher, nem tinha o menor desejo de o ser. As mulheres eram um divertimento, serviam para o riso, para o seu desejo, e nada mais. Viu claramente o inferno que a mãe tinha feito da vida do pai e jurou que aquilo não aconteceria com ele.

Passava de um caso de amor para outro, com uma rapidez e uma naturalidade que assustavam as mães protetoras. Não havia donzela na Corte que já não tivesse sido advertida pelos pais:

–Quero deixar uma coisa bem clara; se, por má sorte, você estiver na mesma festa que Rake Rochester, evite-o. Se me desobedecer, será mandada embora de Londres no dia seguinte.

Entretanto, as mulheres sofisticadas, com maridos distraídos, sempre o olhavam com um ar curioso.

O Conde sabia que podia escolher quem lhe agradasse, mas todas lhe pareciam muito cansativas e, com o tempo, foi ficando cada vez mais aborrecido com elas.

Durante a juventude, se dedicava seriamente a suas conquistas. Depois, a facilidade delas o deixou enfastiado. Agora, só queria uma coisa; que as mulheres não o aborrecessem.

Por causa disso, tinha resistido tanto tempo aos avanços de *Lady* Langstone. Mas Circe, como ela própria se havia apelidado, era muito persistente.

Escolhera este apelido para esquecer o nome banal de Adelaide Charlotte, que parecia não combinar com

9

sua ambição de poder sobre os homens. Um poder considerável.

Circe, exercia sobre eles o mesmo fascínio que Rake sobre as mulheres. Trocava de amantes com frequência, descartando-se deles assim que a aborreciam ou cansavam, e estava sempre à procura de uma nova conquista. Era uma das mulheres mais diabolicamente atraentes e o Conde reconhecia isso. Tinha olhos imensos, misteriosos, cabelo vermelho escuro e os lábios sorriam cheios de promessas. Possuía algo de felino, mas quando desejava alguém, enfeitiçava a vítima, feita uma cobra.

—Ela é a cobra do paraíso— uma vez uma mulher tinha declarado, furiosa—, se aquela serpente tivesse nome, seria Circe!

Mais de uma dúzia de mulheres pensava da mesma forma, ao ver seus maridos dominados, seus filhos com o coração partido e a confusão emocional causada por Circe, que prosseguia intacta, vitoriosa.

Sobre ela, circulavam muitas histórias, e o Conde, às vezes, pensava que seria uma rival à altura na luta do amor. Com ela, precisaria ser cuidadoso, para não perder a batalha.

Bem, mas não tencionava competir com ninguém.

Seus dias de juventude tinham firmado a reputação de conquistador. Possuía glórias e críticas suficientes. Era, no fundo, um rebelde, não propriamente um leviano, como diziam. Só seguia sua própria vontade e não se importava com o que os outros pensavam.

Quando queria uma mulher, tomava-a. Não precisava fazer disso um acontecimento público, um carnaval.

Na noite anterior, quando Circe Langstone o convidou, de modo muito casual, para visitar sua casa, sabia exatamente o que ela queria.

–Vou receber alguns amigos– disse–, teria muito prazer em vê-lo, se não tiver nada melhor a fazer.

Era um modo muito artificial, para que o Conde acreditasse na pureza das intenções dela e não lesse, nas entrelinhas, um convite bem diferente. Na última hora, ele sabia, os amigos não compareceriam "por motivos pessoais" e se encontraria sozinho com a anfitriã.

Olhou-a de cima a baixo. Estava com um colar de esmeraldas que brilhavam do mesmo modo que seus olhos verdes. De repente, desejou saber como realmente, ela era. Se na verdade seria assim tão má como a reputação que tinha.

À reputação de uma mulher, o Conde pensou, pode ser construída em bases muito frágeis. Um boato pode ser exagerado tanto que se torna algo pior e mais depravado que as profundezas do inferno.

Circe parecia um pouco diabólica. Rake achou que os olhares lânguidos por baixo dos cílios longos e escurecidos eram tão artificiais como as coisas que ela dizia. Seria um erro não procurar conhecer todo o repertório dela.

–Estou treinando alguns cavalos– respondeu–, e se tiver vontade, como espero ter, e passar por Park Lane, vou me dar a honra de aceitar o seu convite.

Falou com seu cinismo habitual e olhou nos olhos da mulher, deixando bem claro que, no último momento, podia mudar de ideia e não aparecer, e que também, não estava lisonjeado nem muito interessado pelo convite.

Agora que estava ali, tudo acontecera como já esperava... com exceção de Ofélia.

Quando a porta do *boudoir* se abriu, sentia-se confuso, pensando no que teria acontecido com Jem Bullet e por que a garota havia dito que não recebia nenhuma pensão.

Lá em cima, em um pequeno quarto, nos fundos, Ofélia perguntou a si mesma como podia ter se comportado de modo tão louco e estúpido, ao se encontrar, sozinha, com o Conde de Rochester.

Sabia que a madrasta ia ficar furiosa, se soubesse. Agora, só podia rezar para que Bateson, o mordomo, tivesse suficiente tato e não dissesse que o Conde a havia encontrado arrumando as flores.

Na verdade, naquele dia arrumou mais flores do que normalmente. Por isso, sabia que a visita do Conde era importante.

Ofélia podia adivinhar a importância dos homens que a madrasta recebia, pela quantidade de flores que comprava.

Hoje, havia mais do que nunca. Depois de arrumar os vasos do *boudoir* da madrasta, arrumaria ainda os dos salões Entretanto, ela dizia a si mesma que devia ter observado o relógio, pois sabia que tinha que desaparecer dali, antes que o Conde fosse levado lá em cima.

–Como pude ser tão idiota?

Olhou o espelho, apreensiva. Não estava preocupada com seu próprio rosto, mas com a face contorcida de ódio da madrasta, que lhe dava medo, quase terror.

Ofélia sentiu-se aterrorizada, ciciante da ira da mulher que havia tomado o lugar de sua mãe. Era inteligente bastante, para saber que Circe não a punia pelos erros que cometia, e sim por ser atraente demais para uma enteada.

Antes de sair da escola, já fazia ideia de como seria sua vida. Mas suas previsões não eram tão horríveis quanto a realidade. Agora, depois de três meses vivendo com uma mulher que a odiava, Ofélia imaginava quanto tempo ainda conseguiria aguentar.

Nada do que fazia estava certo. E sempre que a madrasta a olhava, era com olhos cruéis e os lábios apertados. Não adiantava recorrer ao pai. Tudo que dizia era desmentido pela madrasta e o pai acreditava na esposa.

Depois de dois anos de casados, ele continuava apaixonado, completamente dominado por aquela mulher que o escravizara, mal a esposa tinha sido sepultada.

Ofélia não sabia, mas muita gente percebeu que George Langstone enviuvou no momento certo para Circe Drayton.

O marido dela, um bêbado, havia morrido em duelo e o amante da época desaparecera imediatamente, porque não queria casar.

Homens que gostavam de visitá-la e cortejá-la, quando o marido não estava em casa, oferecendo joias e vestidos, se recusavam a dar o que mais desejava; uma aliança de casamento.

Sem dinheiro, sem amigas e com uma posição precária na *sociedade,* Circe olhou em volta, desesperada, procurando alguém que a salvassse e encontrou George Langstone.

Ele era uma presa fácil, encantador, educado, esportista e rico. Um homem que sempre pensava o melhor de seus semelhantes. Circe concentrou nele todos os seus encantos, e alguns diziam até que havia usado magia negra para conquistá-lo. Segundo os boatos, Circe invocava o diabo, e logo a história se espalhou rapidamente.

–Minha querida, ela é uma bruxa!– as mulheres comentavam.

–Como Henry poderia evitar? Você sabe como ele é simples, nunca iria lutar contra bruxaria!

Se não era Henry, era Leopold, Alexander, Lionel ou outros.

Os homens pareciam coelhos hipnotizados por uma serpente, quando olhavam nos olhos de Circe, ficavam encantados, até que ela não mais os desejasse.

Foi *Lady* Harriet Sherwood, sua amante, que fez com que o Conde se interessasse por *Lady* Langstone, pois ele próprio não tinha nenhuma intenção de seguir o destino de outras vítimas.

–Ela é cheia de truques!– Harriet tinha dito, furiosa–, John foi dominado por ela e tenho certeza de que tudo isso é resultado de magia negra!

–Acredita mesmo nestas bobagens?

–Mas você conhece John! Ele é o melhor irmão que alguém pode ter. É calmo, sensível e nunca antes se importou com mais ninguém, a não ser com a esposa e a filha.

–Talvez tenha chegado a hora dele resolver fazer algumas farras– o Conde comentou, cínico.

–Farras? Aos trinta e quatro anos? Ele já passou desta fase há muito tempo! Não é culpa dele! É aquela mulher. A bruxa. Ele não tem jeito de escapar dela!

Harriet se aborrecera por causa do irmão. Denunciou Circe Langstone e a magia negra com tanta fúria, que o Conde sentiu-se curioso.

Tinha percebido o convite nos olhos dela, desde a primeira vez que a olhara. Sabia também que o modo como aquela mulher procurava ignorá-lo, era um desafio que muitos homens achavam irresistível.

Agora, finalmente, ele estava sucumbindo, mas, não iria muito longe, disse a si mesmo. Só queria fazer um reconhecimento do terreno e ver se suas suspeitas eram verdadeiras ou falsas. Se ela tinha mesmo tanto poder de sedução ou tudo não passava de boato.

Para Ofélia, ele era apenas mais um, na longa sequência de amantes da madrasta. Sentia-se mal em ver o quanto Circe traía o marido.

Tudo que acreditava ser do mais sagrado, era desprezado por aquela mulher que tinha tomado o lugar de sua mãe, aquela mulher que dormia na cama de sua mãe e usava suas joias.

Circe odiava a enteada. Ofélia desprezava a madrasta que era capaz de descer tão baixo, mas sentia também um medo físico, algo que nunca havia sentido antes.

Agora, estava apreensiva, angustiada, sentindo uma dor no peito, imaginando o que aconteceria, se o Conde dissesse a Circe que ela lhe havia falado sobre Jem Bullet. Ao mesmo tempo, achava que tinha sido muito corajosa, pois talvez ele pudesse ainda salvar aquele pobre homem, que estava quase morrendo de fome.

Foi a própria filha de Jem, que muitas vezes ajudava Ofélia a se vestir e pentear, quem lhe contara sobre as condições de penúria a que fora reduzido.

—Acho que um cavalheiro como o Conde de Rochester— Emily tinha dito—, devia ter mais consideração e não deixar o meu pobre pai morrer de fome, depois de servi-lo durante tantos anos.

—Claro que o Conde deu a ele uma pensão, quando o aposentou, não v ?

—Nem um centavo, *milady*— Emily falou, sacudindo a cabeça.

—Por que o seu pai não procura o Conde ?

—Logo depois do acidente, ele não podia andar *milady*, *e* quando conseguiu caminhar com uma bengala, foi até o Castelo de Rochester procurar o administrador.

—E o que ele disse?

—Disse que ia fazer o que pudesse, mas o Conde era muito avarento com os que não podiam mais servi-lo.

—Que desgraça! Não posso nem imaginar se papai se comportasse assim...

Enquanto falava, sabia que, se o pai não era capaz daquilo, a madrasta era. Talvez outras pessoas da alta sociedade fossem mais parecidas com aquela víbora.

Emily fez com que Ofélia sentisse tanta pena de Jem Bullet, que insistiu em visitá-lo. Foram de carroça, porque *Lady* Langstone nunca deixava a enteada usar a carruagem da família. Tiveram que passar pelos pobres casebres de Lambeth, e Ofélia sentiu-se deprimida com tanta miséria.

Quando finalmente chegaram na casa em que Jem Bullet vivia, não pôde acreditar que um ser humano fosse

Conde nado a uma existência naquele lugar. Nem o fazendeiro mais mesquinho se atreveria a criar porcos ali.

O chão estava limpo. Jem o lavava sempre, mas as paredes caíam aos pedaços, emboloradas. As dobradiças e fechaduras estavam enferrujadas e não havia vidro nas janelas.

Ofélia quase não tinha dinheiro, pois só recebia uma pequena mesada para pagar seus vestidos e as poucas coisas de que precisava.

Quando reclamou com o pai, a madrasta interferiu, convencendo-o de que era uma perdulária e não precisava de mais nada. Reclamou até da comida que Ofélia comia, dizendo que não podiam pagar desperdícios.

Tudo mentira. *Lord* Langstone era um homem rico. Acreditou na esposa, mas ao mesmo tempo ofereceu uma mesada um pouco maior à filha. Quando o dinheiro chegou, Ofélia entregou-o a Emily.

Pensou em pedir que o pai ajudasse Jem Bullet, mas depois da cena que a madrasta fez, desistiu da ideia .

Desde que visitou Jem, em Lambeth, passou a odiar o Conde, como odiava poucas pessoas.

Claro que já tinha ouvido falar dele. Na escola, as garotas repetiam as histórias que ouviam de suas mães e avisavam, umas às outras, que evitassem ser vistas perto, daquele homem.

—Mamãe falou que ele é o diabo em pessoa— uma menina disse.

—Mas, francamente, é tão bonito, que gostaria de encontrá-lo.

—Se ficar perto dele, não será mais convidada para nenhum baile— uma outra avisou.

—Mamãe me disse que a filha de uma dama que saiu com o Conde foi completamente marginalizada da *sociedade.*

Aquilo irritou Ofélia:

—Isto não está certo! Ela não pode ser culpada pelo que a mãe faz!

—Mamãe disse que quem brinca com fogo acaba se queimando!— foi a resposta.

Ofélia achou que era verdade. Ao mesmo tempo, sabendo o quanto o Conde gastava com cavalos, parecia incrível que fosse tão mesquinho para com um homem incapaz de continuar trabalhando por causa de um acidente do qual era culpado.

Jem lhe contou o que havia acontecido.

Ele estava treinando um cavalo muito arisco, para que saltasse os obstáculos que o Conde tinha erguido na fazenda.

Eu ia pular com ele, como sempre, senhorita, mas um passarinho voou exatamente naquele momento, atrapalhou o salto e fomos os dois para o chão. Ele caiu por cima de mim.

—Oh, que horror!

—Era um ótimo cavalo e eu gostava muito de montá-lo. Foi só má sorte.

Ficou comovida com o homem que não culpava o cavalo. Ao voltar para casa, com Emily, estava convencida de que o Conde, era a pessoa mais cruel do mundo.

Na verdade, nunca esperou encontrá-lo frente a frente.

A madrasta estava recebendo vários outros homens, nenhum dos quais merecia tantas flores. Quando, inesperadamente, naquela manhã, Ofélia foi chamada, subiu apreensiva, imaginando o que teria feito de errado.

Para sua surpresa, encontrou Circe sentada na cama e de incrível bom humor. Era uma agonia vê-la ali, onde tantas vezes tinha visto sua mãe, pela manhã. Entretanto, tinha que admitir; a madrasta era muito bonita.

O longo cabelo vermelho, que chegava quase até a cintura, estava solto, sobre os ombros. Ainda não tinha passado os numerosos cosméticos que ficavam nos vidros sobre a penteadeira. A pele era branca e macia e os olhos, mesmo sem pintura, pareciam misteriosos e brilhantes.

—Mandei comprar algumas flores, Ofélia, e quero que as arrume melhor do que na semana passada.

Não respondeu. Sabia que tinha feito lindos arranjos, porque a mãe lhe ensinara. Mas a madrasta nunca ficava contente com nada que fizesse.

—Quero lírios, palmas e rosas no *boudoir*. Coloque um vaso na lareira, pois agora está quente demais e não precisamos de fogo, e arrume bem os vasos das mesas, principalmente ao lado do sofá.

—Farei isso, senhora.

—Espero que faça!— Circe Langstone disse, com a voz endurecida—, você quase não faz nada, não tem utilidade. Para que queremos uma garota vadia pela casa?

Ofélia não respondeu e a madrasta continuou:

—O resto das flores deve ir para o salão. Tente usar a imaginação. Na última vez em que você enfeitou a lareira, o fundo da parede ficou visível e eu não gosto disso.

—É que... não havia flores suficientes— murmurou.

—Desculpas! Sempre desculpas!— gritou com fúria repentina—, pelo amor de Deus, saia daqui! Estou cansada de vê-la aí parada;

Ofélia sabia da verdade: a madrasta não estava cansada de vê-la parada. Estava apenas com ciúme. Desde que Circe Drayton se casou com seu pai, soube que aquela mulher sentia ciúme de tudo, principalmente da primeira esposa dele, com a qual estivera casado e feliz durante dezoito anos. Tentou afastar da casa tudo o que pertencia à primeira *Lady* Langstone; sem que o marido percebesse, é claro. Era muito esperta.

Seus comentários maldosos e o riso sarcástico, assim como a crítica incessante sobre sua mãe, faziam com que Ofélia fechasse os punhos c precisasse de toda sua força de vontade para não responder mal.

No começo, havia sido estúpida o suficiente para fazer isso. A madrasta não apenas a esbofeteara no rosto, mas havia também lhe dado uma surra com o chicote do marido Depois, queixou-se a ele, dizendo que a enteada era rude demais.

—Claro que compreendo, querido; todas as menininhas têm ciúme do pai. Só que o antagonismo dela me deixa infeliz e sei que você não gosta disso.

Lord Langstone resolveu ter uma conversa em particular com a filha.

—Sei que sente muita falta de sua mãe, Ofélia, e eu também. Mas Circe agora é minha esposa e precisa tratá-la com respeito.

—Eu tentei, papai.

—Então, tente um pouco mais. Quero que Circe seja feliz. Ela me disse que você tem sido muito teimosa e rude.

Era impossível explicar ao pai que havia, simplesmente, defendido a memória da mãe, aquela que ambos amavam tanto.

Ofélia aprendeu rapidamente a esconder seus sentimentos e controlar melhor as palavras. Entretanto, era uma agonia ter que ouvir as coisas mais disparatadas que a madrasta dizia, só para irritá-la.

O retrato de sua mãe foi colocado no sótão. Ofélia teria compreendido, se fosse no sótão da casa, mas era no sótão do alojamento dos criados.

—Quem escolheu esta cor ridícula para as cortinas?— *Lady* Langstone perguntou um dia—, que mau gosto, se é que podemos chamar isso de gosto!

À noite, Ofélia chorava amargurada e planejava fugir de casa, pedir para morar com uma das primas de sua mãe, mas sabia que o pai ficaria magoado, se dissesse que não queria mais morar com ele. Tinha também a intuição de que a madrasta, para puni-la, logo a traria de volta.

Começou a realizar seus afazeres na casa; arrumava as flores, costurava e ia à biblioteca trocar livros. Não que a madrasta lesse muito. Ela procurava apenas saber o que estava na moda, no momento: poemas de *Lord* Byron e novelas de *sir* Walter Scott.

Folheava rapidamente os livros e entregava-os a Ofélia para que os devolvesse. A menina, antes de devolver, lia-os. Mesmo tendo suas ocupações, havia longas horas a passar sozinha, em que podia ler.

A madrasta havia deixado bem claro que não queria que Ofélia encontrasse seus amigos, e que ninguém soubesse quem ela era ou se estava em casa.

—Sou muito jovem para servir de acompanhante a uma garota como você— disse, com firmeza—, e ninguém precisa saber que está vivendo aqui, com seu pai e comigo. Está claro?

—Sim, senhora.

—Se eu perceber que força sua presença junto às pessoas que vêm aqui, ficarei muito aborrecida. E mais… você não terá chance de fazer isso duas vezes!

Não havia dúvida quanto à ameaça que pairava na voz de Circe e Ofélia respondeu rapidamente:

—Eu não deixarei que ninguém me veja.

Quando o pai estava a sós com a madrasta, o que quase nunca acontecia, ela jantava com os dois. Achava que o pai nunca tinha notado sua falta, quando havia convidados.

Ele nunca disse nada e Ofélia às vezes se sentia como um fantasma, andando pela casa, silenciosa, ou se escondendo no quarto, enquanto havia risos e luzes no salão de festas.

Agora, caminhou até a janela e ficou ali, olhando.

«Como pude ser tão estúpida, a ponto de deixar que o Conde me encontrasse?» perguntou a si mesma e outra vez, imaginando o quanto a madrasta se aborreceria, se soubesse.

Sentiu um arrepio percorrer todo seu corpo e viu que as mãos, pousadas na beira da janela, tremiam.

CAPÍTULO II

Se o Conde, era inteligente, o mesmo acontecia com Circe Langstone.

Ele sabia o que o esperava, quando apareceu na casa dela, à tarde, na hora em que o marido estava jogando no clube.

Quando entrou no *boudoir,* sentiu o cheiro forte de palmas e lírios. Para seu espanto, viu que a anfitriã não estava recostada no divã, como tinha imaginado, e sim sentada à escrivaninha, escrevendo uma carta.

Olhou-o por cima do ombro e disse:

—Desculpe-me, senhor, mas tenho que terminar esta carta urgente. Acho que encontrará algo com que se divertir na banqueta em frente à lareira.

Antes que o Conde pudesse responder, *Lady* Langstone chamou o mordomo.

—Espere, Bateson, quero que mande entregar imediatamente esta arte para a Duquesa de Devonshirc. É muito urgente, mande um bom mensageiro.

—Sim, *milady*– Bateson respondeu, esperando na porta entreaberta.

O Conde , com um brilho divertido nos olhos, caminhou até a banqueta torrada de tapeçaria, em frente à lareira.

Ali, o cheiro das flores não era tão forte, mas ele percebeu que elas tinham sido arrumadas com muita elegância e arte, sem dúvida, por Ofélia. Ela possuía um talento especial para seus arranjos.

Lady Langstone continuou escrevendo e ele pegou um livro sobre a banqueta. Era um volume de poemas da época da Restauração, ilustrado com gravuras e à primeira vista percebeu do que tratavam.

Eram poemas libertinos e obscenos, sem o talento e o gênio que caracterizavam os escritos por *Lord* Rochester. Tinham frases rudes que envergonhariam qualquer mulher.

Lady Langstone levantou-se, atravessou o aposento e entregou a carta ao mordomo.

Ao vê-la fazendo isso, o Conde pensou que aquela mulher realmente estava determinada a agir diferente do que ele esperava.

Na verdade, tinha previsto encontrá-la não apenas reclinada no divã, mas ainda vestindo um *negligeé* diáfano e transparente, usado pela maioria das mulheres que queriam ser amadas por ele.

Surpreendentemente, Circe Langstone usava um vestido que, em qualquer outra pessoa, pareceria sóbrio e até respeitável. Apesar de ser de fazenda grossa e não transparente, como estava em moda, era colante, justo, no corpo sinuoso, e fazia com que lembrasse uma cobra. Lembrou-se também de que as cobras trocavam de pele a intervalos de tempo regulares.

O mordomo pegou a carta e saiu. Assim que a porta se fechou, *Lady* Langstone disse:

—Bess Devonshire vinha aqui esta tarde, para encontrá-lo, mas infelizmente ela pegou um resfriado e precisou ficar de cama.

O Conde não acreditou em nenhuma daquelas palavras, mas tinha que admitir que a explicação era boa. Observou-a com mais cuidado, enquanto Circe se sentava em uma poltrona.

Estava do outro lado da lareira e seria impossível para ele, mesmo se quisesse, sentar-se perto dela.

—O que acha do livro que reservei para você?— ela perguntou.

—Foi muito gentil em ter todo este trabalho—, na verdade, não tive trabalho algum. Eu o vi na biblioteca de George, há alguns meses, e só hoje, quando soube que você havia chegado, achei que se divertiria com ele.

—Este tipo de livro a interessa?— perguntou, colocando o volume de volta na banqueta.

—Depende de com quem se lê.'

Na voz dela havia, sem dúvida, uma nota que o Conde já estava esperando. Depois que Rake saiu do quarto, Circe recostou-se nos travesseiros de cetim e começou a planejar sua campanha.

Há muito tempo, estava resolvida a pegar o Conde de Rochester, mas sabia que ele tinha percebido e, no momento, ficaria em guarda.

Como todas as mulheres insaciáveis, Circe queria o que não tinha.

Mesmo depois de casada, muitos homens se aproximaram, pedindo seus favores. Ela achava este tipo de conquista fácil demais e estava sempre procurando alguém difícil. Na verdade, eram poucos os homens para os quais ela olhava, e que tinham a coragem de resistir, a seus encantos, mas também sabia que a maioria deles não era digna do esforço da conquista. Em pouco tempo, deixavam-na saciada e a paixão desaparecia.

Invariavelmente, ela os abandonava, saindo em busca de outra presa.

O Conde de Rochester era o mais encantador, distinto e másculo membro da nobreza. Para Circe Langstone, a reputação dele só servia para aumentar ainda mais, seu charme. Ficou excitada com a ideia de que poderiam significar algo um para o outro, se ele a desejasse tanto quanto ela o desejava.

Teve muito trabalho em pesquisar tudo que pôde sobre ele. Não era tão fácil como parecia quase todas as mulheres que tinham tido casos com ele, cedo ou tarde, se apaixonavam e, estranhamente, não queriam falar, sobre o assunto nem sobre o papel que ele havia desempenhado em suas vidas.

Mesmo aquelas que tinham sido abandonadas do modo mais rude, preferiam ficar em silêncio a admitir que tinham falhado em mantê-lo sob seus encantos. De qualquer forma, Circe Langstone não era o tipo de mulher na qual as outras confiavam.

Começou a achar que a reputação dele não era tão merecida assim. Que tinha toda uma aura de rebelde graças aos discursos que fazia na *Câmara dos Lordes*, mas não parecia ser o grande amante que diziam.

Sabia que, quando o Conde entrava na Câmara, o que dificilmente fazia, havia um murmúrio de preocupação entre os Ministros ligados aos assuntos que o interessavam no momento.

Aquilo era ainda um eco dos tempos da Restauração, quando a amante do Rei possuía poderes demais e tinha nomeado muitos de seus protegidos. A idade era o inimigo implacável desses velhos Ministros. Suas rugas, cabelos brancos e dentes estragados eram retratados sem piedade nos discursos do Conde.

Mas Circe não eslava nem um pouco interessada nas aparições públicas de Rake Rochester. O que queria saber eram os detalhes íntimos da sua vida privada. Seria mesmo um grande amante? Quando ele aceitou seu convite, teve uma sensação de prazer que há meses não experimentava.

Sempre que desejava algo, um homem ou uma joia, Circe concentrava sua mente naquilo e não conseguia pensar em mais nada. Agora, ele parecia abocanhar a isca que tinha lançado com tanta insistência, mas sem sucesso, nos últimos seis meses.

Não tinha meias medidas, quando se tratava de conseguir o que queria.

Todos os métodos serviam.

Entre eles estavam incluídas as visitas a um bairro muito duvidoso de Londres, e especialmente, a uma casa estranha, sórdida e desagradável, no fundo de uma rua suja.

Circe inclinou-se e pegou o livro que ele havia colocado na banqueta, entre ambos.

–Há uma gravura aqui que vai diverti-lo– disse.

Virou as páginas com os dedos longos e o Conde, viu que, novamente, contrariando suas expectativas, ela não usava joias, a não ser um grande anel de esmeralda na mão esquerda.

Circe olhou-o, com os cílios baixos, o verde dos olhos brilhando tanto quanto a pedra.

–Talvez queira olhar. A não ser que se choque com facilidade.

O Conde sabia que Circe esperava que ele se levantasse e fosse até seu lado, sentasse no braço da poltrona, onde, sem dúvida, poderia sentir seu perfume, que seria tão exótico como o das flores.

–No momento, estou mais interessado em saber coisas sobre você– disse, sem se mexer do lugar–, conte-me algo. Tem uma reputação de conquistadora, o que não é surpreendente.

–Por que não é surpreendente?

–Porque as mulheres bonitas geralmente despertam ciúme das outras.

–Então, acha que sou bonita?

–Se pensasse que não é, não seria mal-educado a ponto de dizer.

–Então, devo retribuir seu elogio com outro; sua reputação é muito pior do que a minha.

—Depende de quem nos julga. A reputação das pessoas geralmente decepciona quem acredita em tudo que ouve.

Circe Langstone recostou-se na poltrona:

—Também estou muito curiosa sobre você. Simplesmente porque muitas pessoas o denunciam com violência, mas ninguém entra em detalhes.

—E é isso o que a interessa?

—Naturalmente! Se soubermos de tudo que falam a nosso respeito, logo estaremos mais bem informados do que os nossos atacantes.

O Conde estava se divertindo.

Aquele era um tipo diferente de aproximação. Muito diferente do que, em geral, as mulheres usavam com ele.

Tinha também percebido a armadilha. Precisava só dar mais um passo para cair nela.

Imaginou o que poderia fazer, e de repente, involuntariamente, lembrou-se do rosto aterrorizado de Ofélia, quando ele havia entrado no salão. Em toda sua experiência com mulheres, tinha visto quase tudo; recriminação, lágrimas, apelos e pedidos. Mas estava certo de que nunca havia visto um rosto tão cheio de terror como o da moça.

«Por favor, por favor, não conte à minha madrasta que falei sobre Jem Bullet», ainda se lembrava do medo, por trás das palavras murmuradas baixinho.

De repente, sentiu que aquela mulher sentada ali perto havia perdido toda a atração. Teve a impressão de estar ao lado, não de uma mulher, mas de uma serpente, o réptil que amedronta todos os homens.

Lembrou-se do tempo em que estivera na Índia e de como detestava os encantadores de serpentes. Todas as noites, antes de deitar, insistia para que os empregados revistassem seu quarto, a fim de ter certeza de não encontrar cobras.

Em vez de Circe, com seu vestido verde, viu uma grande cobra, levantando a cabeça, a língua bifurcada agitando-se, ameaçadora, o corpo todo se contorcendo, preparando o bote.

Devagar, preguiçosamente, ele se ergueu:

–Gostei muito da nossa conversa, *Lady* Langstone, mas meus cavalos estão esperando. Talvez eu tenha o prazer de voltar em uma outra tarde.

Viu um brilho estranho passar pelos olhos dela.

–Claro. Eu compreendo. Os cavalos, não as mulheres, sempre vêm em primeiro lugar na vida de um homem.

Levantou-se e acompanhou-o até a porta. Estendeu a mão com o anel de esmeralda. Ele levou-a aos lábios, mas não tocou a pele dela.

Por alguns momentos, a mão de Circe apertou a do Conde, uma pressão imperceptível. Então, ela abriu a porta e acompanhou-o até o topo da escadaria.

Observou-o, enquanto descia. Ele pegou o chapéu que o mordomo lhe estendeu e, quando olhou para cima, ela já não estava mais lá.

Lady Langstone voltou ao *boudoir*, com uma expressão que teria feito empalidecer sua enteada.

O que tinha acontecido? Por que ele saíra tão de repente?

Tinha certeza de que, no fim da tarde, estariam um nos braços do outro. De que seria capaz de despertar-lhe um desejo incontrolável; o desejo que todos os homens sentiam, quando os olhava com os cílios baixos e entreabria os lábios, convidativamente.

Pensava que conhecia todos os segredos do jogo, todas as palavras provocantes e todos os gestos que nunca falhavam; que deixavam sempre os homens encantados, intrigados e finalmente, apaixonados, mas de alguma forma, quando pensou que o Conde tinha caído na rede, ele se levantou e foi embora.

Como era possível? Como tinha acontecido isso com ela, com ela que o havia desejado tanto tempo e o acreditava, afinal, em suas garras?

Caminhou pelo quarto, de um lado para outro, irritada.

—Eu o terei! Ele será meu!— disse em voz alta, com uma firmeza que sempre atingia as vítimas, como raios poderosos.

Sentia que tinha um poder, uma força que funcionava como uma flecha, atingindo a parte mais vital dos homens e da qual não conseguiam escapar.

A explicação era; ou os críticos do Conde tinham exagerado nas histórias que contavam sobre ele, ou Rochester estava decidido a não capitular com a facilidade que ela esperava.

Lady Langstone parou, fechando os olhos e juntando as mãos. Então, formou a imagem mental do Conde indo para casa e concentrou nele seus pensamentos, seguindo-o sem cessar, todo seu ser tentando segurá-lo, apesar de saber do desejo dele de escapar.

—Volte para mim! Volte para mim!

Todo o corpo dela se enrijeceu, seguindo-o, invadindo-o, entrando em sua mente.

Ela se concentrou, até ficar exausta. Atirou-se no divã, trouxe a mão até os lábios e lambeu a imensa esmeralda.

A porta se abriu e uma empregada entrou.

Era Marie, sua confidente, a única pessoa em que realmente confiava e diante da qual não desempenhava nenhum papel.

–Vi o Conde sair!– Marie disse.

Depois de morar vinte anos em Londres, ainda falava com um forte sotaque francês.

–Sim, ele se foi– Circe falou aborrecida–, o que eu fiz de errado? Por que ele partiu?

–Ele voltará– Marie respondeu, suavemente–, se você fizer o que Zenobe mandou…

–Fila disse uma porção de coisas que não se realizaram! E quanto ao monge… não acredito nele!

–*Non, non, milady!* Está errada, algumas coisas não funcionam como se espera! Precisa ter paciência. Precisa ter muita paciência.

–Paciência! Isso ê algo que não tenho! Quero-o! E pretendo tê-lo!

Marie pegou um xaile chinês, bordado com cores vistosas, e o colocou sobre os joelhos da patroa:

–Então, deixe-o partir. Ele voltará. Não vai conseguir escapar.

–Preciso perguntar a Zenobe o que fiz de errado– *Lady* Langstone murmurou para si mesma.

–Talvez tenha sido… *non*… não é possível!

–O que não é possível?

—Pode ter sido alguma coisa que *Lady* Ofélia tenha dito a ele...

—Ofélia?

A voz de *Lady* Langstone saiu aguda e explosiva como um tiro de pistola.

—O que quer dizer com isso.

—Ela estava no salão, quando ele chegou.

—No salão! —Atirou longe o xaile com que Marie tinha coberto suas pernas e se levantou do divã.

—*Non, non.* Por favor, *milady,* não se agite. Eu não devia ter dito nada, mas acho que foi uma coincidência muito infeliz.

—Eu já disse a ela para se manter afastada— *Lady* Langstone gritou, furiosa—, não a quero em contato com nenhum dos meus amigos e muito menos com o Conde de Rochester.

Atravessou o aposento e abriu a gaveta de uma linda cômoda francesa, pegou um chicote de couro. Depois saiu batendo a porta.

Marie apanhou o xaile e dobrou-o, sacudindo a cabeça como se censurasse os próprios pensamentos, mas seus lábios sorriam.

O Conde chegou ao Castelo de Rochester na manhã seguinte.

Não precisou avisar os criados da sua chegada. Eles sempre mantinham tudo em ordem, a sua espera. O Castelo ficava perto de Londres e era onde Rake criava parte de seus cavalos. O local estava sempre preparado, não apenas para receber o dono, mas também os amigos que, às vezes, trazia.

O chefe da cozinha, uma pessoa muito temperamental, ficava quase maluco, pois nunca sabia quantas pessoas iam jantar e em várias ocasiões tinha disposto apenas de poucas horas para preparar refeições para vinte ou trinta pessoas.

Enquanto se aproximava, o Conde pensou como o Castelo estava bonito naquela época do ano. As flores vermelhas e brancas tinham desabrochado, trepadeiras amarelas pareciam uma coroa de ouro nas paredes, e no lago, os cisnes deslizavam calmamente.

Na Torre não havia nenhuma bandeira significando que o Conde chegara, mas sabia que logo os criados iriam hasteá-la. Perguntou a si mesmo, como já fizera muitas vezes, por que passava tanto tempo em Londres, se a vida do campo podia ser mais estimulante do que qualquer mulher.

John Rochester, o homem que tanto admirava, havia mudado para o campo, para se recuperar de doenças e escrever.

O Conde lembrou-se dos versos.

«Quando, depois de muitos excessos e quase morto de abstinência, procuro paz e descanso…».

Refletiu, sorrindo. Aquele, certamente, não era o seu caso. Não estava, quase morto e nem precisava fazer nenhuma abstinência, pois, ao contrário do seu antecessor, não bebia.

E também não precisava limitar sua admiração pelas mulheres.

Por um momento, pensou em *Lady* Harriet e como ela ficaria aborrecida, se ele se interessasse por Circe.

Entediado com a ideia de uma cena, lembrou-se de que havia comprado dois cavalos em Tattersall, no começo daquela semana. Eles já deviam ter chegado aos estábulos. Estava ansioso por treiná-los.

Mas primeiro queria descobrir algo sobre Jem Bullet. Não sabia porque, mas a acusação da garota, de que não dava pensão aos empregados aposentados, o irritara demais, uma irritação da qual não conseguia fugir.

Na noite anterior, jantara com amigos que insistiram muito para irem se divertir com mulheres. No entanto, preferiu dormir cedo. Ofélia não lhe saía da cabeça. Nem seu olhar de Conde nação.

—Dane-se a garota! Por que ela recebe as informações incorretas?

Ficou tão irritado, que decidiu tratar daquele assunto logo de manhã, antes de qualquer outra coisa. Iria ao Castelo e provaria que ela estava errada.

O Conde, era generoso, não apenas com as mulheres que seduzia, mas também com seus empregados. Era um gastador, mas não lesava ninguém, principalmente os que o serviam.

Acreditava que seus criados ganhavam bons salários e estavam contentes em trabalhar para ele, pois, caso acontecesse o contrário, seriam desleais e desonestos.

—O senhor Conde vai voltar a Londres esta tarde?— Jason perguntou.

—Não. Vou passar a noite aqui.

Enquanto falava, dirigiu-se à magnífica porta da frente, que tinha sido reconstituída quando fizera a reforma do Castelo herdado do avô. Naquele tempo, era chamado de Castelo de Wilmot. O Conde trocou o nome, de propósito, para aborrecer a mãe, e outras pessoas que o criticavam.

–Sempre foi Castelo de Wilmot– um dos primos tinha comentado–, e os Wilmots viveram nele nos últimos trezentos anos.

–Agora um Rochester está vivendo nele– o Conde respondeu, desafiador.

Sua infância no Castelo tinha sido infeliz, sem dúvida pelo modo como era tratado pela mãe. Desde que o herdara, decidiu fazer dele um local alegre, não apenas para si, mas também para os amigos, assim como para os empregados que moravam e trabalhavam lá.

Tinha dado muitas festas memoráveis, que alguns chamavam de orgias. Mas agora havia chegado aos seus "anos de sabedoria" e preferia entreter os amigos com mais calma, cada um com sua favorita do momento.

Quando não dava festas, devotava o tempo aos cavalos.

Alguém devia ter visto a carruagem, pois quando chegou à porta, esta foi imediatamente aberta. Uma multidão de criados recebeu o patrão, todos vestindo uniformes nas cores de Rochester, vermelho e dourado. O chefe dos criados se adiantou e deu as boas-vindas.

–Senhor Conde, os outros convidados vão chegar mais tarde?– perguntou em seguida Poulson, seu criado.

—Não há outros convidados, Poulson. Vou tomar um *drink* e depois visitar os estábulos.

Uma garrafa de champanhe, na temperatura exata, lhe foi oferecida minutos depois de entrar na biblioteca, seu lugar preferido.

—O senhor Conde deseja comer alguma coisa?— perguntou o chefe dos criados.

—Não. Fiz um lanche no caminho.

Tomou o champanhe, apreciando-o, achando que era muito superior ao do Príncipe de Gales, servido em Carlton House, onde tinha jantado há duas noites.

Então, ao ver que o chefe dos criados ia se retirando, perguntou:

—Aslett está no escritório?

—Acho que não, *milord*. Ele não o esperava. Deve ter ido ao campo. Eu o vi saindo dos estábulos, há meia hora.

—Diga-lhe que quero vê-lo logo que volte.

—Sim, *milord*. Devo mandar alguém procurá-lo?

O Conde hesitou, depois respondeu:

—Não há pressa.

Largou a taça de champanhe dirigiu-se à ala oeste da casa, onde o escritório tinha sido instalado recentemente.

Nos tempos em que seu pai era o dono, o escritório ficava na própria casa do administrador. Isso significava uma viagem especial até lá, cada vez que o Conde precisava ver um mapa, examinar o *pedigree* dos cavalos ou qualquer coisa que o interessasse pessoalmente.

Havia um aposento amplo, na parte térrea do Castelo, que servia. Logo foi arrumado com os arquivos, livros e escrituração e mapas. Agora as coisas ficavam bem mais à mão, quando quisesse vê-las.

Entrou no escritório, esperando encontrar trabalhando lá a velha senhora que ajudava o administrador e cuidava da correspondência.

O local estava vazio e muito arrumado. O Conde sabia o que queria.

Dirigiu-se a um arquivo grande, onde estavam anotados os nomes de todos os empregados, desde o tempo de seu pai, até o momento.

Abriu várias gavetas, antes de encontrar um livro grande. Agora ia provar que Ofélia Langstone estava errada. Ela teria que se desculpar por ter cometido um erro tão grosseiro.

Folheou o livro. Os nomes estavam em ordem alfabética e havia muitos na letra A. Um ou dois nomes de aposentados tinham sido riscados, e a palavra "mortos", escrita adiante. A lista era considerável e o Conde procurou a letra B. Estava certo; Jem Bullet estava lá, e havia mais: sua pensão tinha sido aumentada duas vezes, desde que se aposentara. Agora recebia, por mês, uma quantia que, certamente, era muito mais do que satisfatória para todas as suas necessidades e confortos.

—Não sei por que a Srta. Langstone disse aquela mentira— murmurou para si mesmo.

Então, embaixo do nome de Jem Bullet, viu escrito Walter Bullingham.

Walter Bullingham!

O Conde, lembrava-se muito bem dele. Era um homem muito velho, quando herdara, o Castelo.

Olhou o nome mais uma vez e mais outra.

Estranho... podia jurar que Walter Bullingham havia morrido. Lembrava até de ter dito a alguém para mandar uma coroa de flores ao funeral dele. Entretanto, parecia óbvio que se tinha enganado. Bullingham recebia sua pensão todos os meses e, como a de Bullet, também fora aumentada.

Virou as páginas, olhando todas as letras.

Era incrível como os aposentados ganhavam bem! Nas letras C, D, E e F ninguém tinha morrido nos últimos dez anos!

Então, viu um nome que conhecia muito bem; Graham... Nanny Graham.

Lembrava-se, de quando ela tinha se aposentado e ido morar com a velha mãe, que durante longos anos fora a governanta do Castelo. Uma velha capaz de amedrontar!

Lembrava também de sua grande preocupação com ele, quando ainda era garoto, quando andava pelo Castelo com sua roupa preta e avental branco, as chaves de cada porta penduradas em uma longa corrente.

Não gostava dela porque contava à sua mãe as travessuras que fazia no Castelo. Agora, devia estar muito velha. Espantoso. Ela também não tinha morrido!

O Conde ficou olhando, incrédulo. Depois saiu, levando o livro debaixo do braço.

Quando chegou à sala, chamou um dos criados.

—Vá até os estábulos e peça que mandem minha carruagem com dois cavalos... os novos.

—Sim, senhor.

Foi à biblioteca, onde esperou, impaciente. Então, seguindo um impulso, pegou o livro e trancou em uma gaveta de sua escrivaninha.

Logo depois, o criado anunciou que a carruagem estava esperando.

Ele mesmo pegou as rédeas e pediu a Bert, seu ajudante, que sentasse a seu lado.

—Estes cavalos são muito bons, Bert— comentou, enquanto se dirigiam à estrada.

—Também acho, senhor. Formam uma parelha perfeita. Não têm grandes diferenças entre si.

O Conde gostou do entusiasmo do jovem empregado. Foram conversando, até chegarem a um vilarejo.

Era um pequeno amontoado de casas, dentro da fazenda. Todas tinham seus jardins e hortas e muitas delas haviam sido construídas enquanto seu pai era o dono.

Quando se aproximou das casas, diminuiu a velocidade dos cavalos.

—Bert, esqueci em que casa mora Nanny Graham.

—Na última, daquele lado. Ela vai ficar entusiasmada em vê-lo, senhor.

O Conde tinha certeza disso, pois há mais de cinco anos não via sua antiga babá.

Seu contador sempre lembrava ao administrador para lhe oferecer um presente especial no Natal e ele estava certo de que Nanny não se sentia esquecida.

Desceu da carruagem e abriu um portãozinho de madeira. Viu o jardim muito bem cuidado, com prímulas, tulipas e uma porção de narcisos, perto da porta da frente.

Nanny sempre tinha amado as flores; insistia em cultivá-las na estufa, mesmo contra a vontade de sua mãe.

Bateu na porta e ouviu uma voz.

–Entre!

Entrou e encontrou Nanny sentada à mesa, de avental branco, do mesmo jeito que se lembrava dela, batendo algo em uma tigela.

Olhou-o, pensando que com aqueles ombros largos e toda aquela altura, ele mal cabia na cozinha. Soltou uma exclamação de alegria, colocou a tigela na mesa e levantou-se.

–Menino Gerald! Aqui… e nem me avisou que vinha. O Conde pensou que há muito tempo ninguém o chamava pelo nome verdadeiro.

–Acabei de chegar ao Castelo há uma hora, Nanny. Queria vê-la…

–Ver-me, *milord?*

Ela limpou as mãos num pano. O Conde percebeu que ali tudo estava imaculadamente limpo.

–Sim. Quero que me conte algumas coisas.

–Então, vamos para a sala, *milord.*

–Estamos muito bem aqui– respondeu, com um brilho maroto nos olhos.

–E o que está fazendo? É um bolo? Gostaria de comer uma fatia.

–Um bolo? Há mais de um ano que não faço um. Estou mexendo a massa do pão...

Parou no meio da frase e depois continuou.

–Vamos para a sala. É mais adequado. A cozinha não é lugar para um Conde.

Achou que não adiantava discutir. Curvou-se para passar pela porta e dirigiu-se à sala.

Nela só havia um sofá de crina e uma poltrona, ao lado de uma mesa redonda, incrivelmente limpa, com um vaso de lírios e uma bíblia.

Olhou a bíblia e pensou na mãe, ralhando o tempo todo, e como a detestava, quando era criança

Uma vez, tinha aprontado tantas peraltices que Nanny o tez copiar várias passagens da bíblia, de castigo.

Sentou-se no sofá, enquanto Nanny tirava o avental e permanecia de pé, com as mãos cruzadas.

–Sente-se, Nanny. Como já disse, quero conversar com você. Está contente em me ver?

–Parece muito bem disposto, *milord,* mas me atrevo a dizer que todas estas noites em claro podem enfraquecer seu organismo.

–Que noites em claro? E que sabe sobre elas?

–Sei o que ouço, menino Gerald, e nem sempre é o que eu desejaria ouvir–respondeu, aborrecida.

O Conde riu.

–Não vim conversar sobre a minha saúde, mas sim, sobre a sua mãe.

–Minha mãe, *milord?*

–Ela ainda vive?

–Se estivesse viva, teria agora cento e dois anos. Poucas pessoas chegam a esta idade.

–Quando morreu?

–Há nove anos. Apesar de não dever dizer isso, acho que foi um alívio para seu sofrimento.

—Achei mesmo que ela tinha morrido. E quanto a você Nanny? Está recebendo regularmente o pagamento de sua pensão de aposentadoria?

Houve alguns momentos de silêncio.

—O que há de errado?

—Não disse que há nada errado, menino Gerald— a velha respondeu, na defensiva e com um tom que o Conde não ouvia há anos. Lembrava-se de tê-la ouvido falar assim antigamente, com sua mãe.

—Bem, se não há nada errado, então há algo que não está certo— insistiu—, diga-me a verdade, Nanny. Depois de todos estes anos, devíamos conversar com franqueza um com o outro.

—É verdade, menino Gerald, mas não gosto de reclamar.

—É exatamente o que quero que faça. Sinto que as coisas não andam como deviam e quero que me ajude a colocá-las nos eixos.

Nanny Graham olhou-o e viu que falava sério.

—Bem, já que esta pedindo, *milord*... tudo ficou incrivelmente caro, desde a guerra. O dinheiro já não dá para comprar as coisas, como antes.

—Diga-me quanto está recebendo por semana...

—O que sempre recebi. Todos os outros aqui do vilarejo, também. Consigo sobreviver, porque faço algumas costuras para o vigário, mas está quase impossível pagar as contas.

O Conde apertou os lábios.

—Houve um engano, Nanny, mas não acontecerá de novo no futuro. Tanto você quanto todos os outros, receberão o dinheiro de que precisam, inclusive pagamentos atrasados por mais de um ano e também aumentos.

Durante um momento, ela ficou sentada, quieta. O Conde gostou do controle que Nanny tinha sobre os próprios sentimentos. Depois, ela falou, com a voz um pouco trêmula:

–Quer dizer... que vai acertar tudo, meu senhor.

–Exatamente. Espero que me desculpe por tudo isso ter acontecido, por eu ter permitido que vocês fossem lesados durante tanto tempo.

Nanny olhou-o longa mente e ele disse:

–Lesados é a palavra certa. Sabe de outras pessoas que estejam passando privações?

–Não gosto de dizer os nomes sem provas, mas se estivesse em seu lugar, teria uma conversa com os trabalhadores da fazenda. Eles podem falar por si mesmos.

–Obrigado, Nanny O Conde levantou-se e se preparou para sair.

–Cuide-se, menino Gerald. Já está em tempo de casar. Não quero morrer antes de carregar seu filho em meus braços.

–Acho que vai precisar viver até os cento e dois anos ou mais!– ele riu.

Viu a expressão preocupada do rosto dela e colocou a mão em seu ombro.

–Estou muito feliz assim, Nanny, e não pretendo me deixar "enforcar", como eles dizem no vilarejo, quando alguém se casa.

Pensou em John Rochester e seus versos tristes sobre o casamento, repetindo-os para si mesmo.

45

«De todas as ilusões, o casamento é a pior,
Com atrações sem fim, promessas
intermináveis.
O amor frenético um dia termina, só resta
lamentar.
É loucura entrar nele e não há esperanças de
sair».

As palavras estavam em seus lábios, mas achou que Nanny ficaria chocada com elas e preferiu não dizê-las.

—Qualquer dia, encontrará uma boa noiva, menino Gerald.

Era um desejo tão sincero, que o Conde riu.

Ao passar pela bíblia, colocou a mão sobre ela.

—Nanny, só lhe resta rezar para que uma noiva caia pela minha chaminé e eu me apaixone à primeira vista.

Então, ela disse, alegre:

—Mal posso esperar para ir até a vizinha e lhe contar o que me disse sobre as pensões de aposentadoria. Não vai nos esquecer, não é, *milord?*

A voz estava um pouco ansiosa e o Conde procurou tranquilizá-la.

—Vou me lembrar de todos e no futuro, manterei o controle eu mesmo. É sempre um erro delegar autoridade.

Nanny abriu a porta para ele. Rochester achou-a tão corajosa, levando uma vida dura, na velhice e sem reclamar, que curvou-se e beijou-a no rosto.

—Até logo, querida. Você me ajudou muito. Sabia que podia contar com você.

Virou-se e não viu as lágrimas que, de repente, inundaram os olhos de sua antiga babá. Foi até a carruagem e ela ficou lá, acenando para ele.

O Conde foi procurar os trabalhadores da fazenda, como Nanny havia sugerido.

O que soube fez com que ficasse furioso. Ao voltar ao Castelo, os empregados perceberam seu rosto irritado e apreensivo.

—Mande o Sr. Aslett falar comigo, imediatamente– disse para o chefe dos criados.

Esperou pelo administrador, na biblioteca, sentindo uma raiva fria, incontrolável, que há anos não sentia.

As palavras que usou para demitir aquele homem que tinha lesado tantos outros foram agressivas, cáusticas, como chicotadas cortantes.

Quando o administrador finalmente saiu, andava como um homem envelhecido e fraco. Deixou imediatamente o Castelo, onde tinha vivido tantos anos.

Depois de se livrar dele, o Conde sentiu que seu bom humor voltava, sabendo que tinha agido do modo certo. Quase sem querer, conseguira desmascarar aquele ladrão.

Disse a si mesmo que devia tudo a Ofélia, aquela menina frágil e adorável, para com a qual tinha agora uma dívida de gratidão.

Se ela não lhe tivesse falado sobre Jem Bullet, passaria anos confiando em Aslett, como confiava em todos os empregados, acreditando que os aposentados estavam ganhando bem, sem perceber aquela sombra que se estendia sobre o Castelo.

Sua mãe tinha sido uma mulher difícil, muito puritana, mas seu pai, na verdade, não passava de um bom e generoso homem do campo. Administrava a fazenda com bondade, paternalmente, do mesmo modo que o avô fizera antes. Os Wilmot, com exceção dele mesmo, eram todos um pouco simplórios, mas homens muito decentes.

–Não importa como me comporto em minha vida privada, mas nunca negligenciarei, aqueles que confiam em mim e me servem– disse em voz baixa.

Seu pai, havia-lhe ensinado, que aqueles que trabalham em uma grande fazenda, são muito sensíveis ao temperamento e à disposição do patrão.

–São como os escoceses– *Lord* Wilmot tinha dito, solenemente–, seguem sempre o chefe e aceitam sua liderança sem discutir. Vivem para ele e podem morrer por ele.

–Por que fazem isso?

–Porque um chefe é como um pai, Gerald. Os empregados chegam até a adotar o sobrenome dele, como uma só família.

–Mas os que trabalham aqui não se chamam Wilmot.

–Entretanto, mesmo assim, eles aceitam a nossa liderança e se sentem seguros e felizes trabalhando para nós.

O Conde ainda lembrava da voz do pai, cheia de sinceridade. Aquele homem teria sido muito feliz, não fosse pela esposa que tinha. Desde garoto, Rake tinha decidido, que erros daquele tipo não aconteceriam com ele.

As coisas, às vezes, sucedem-se de um modo muito estranho, pensou. Tinha ido até a casa de George Langstone, em Park Lane, pensando se deveria ou não seduzir-lhe a esposa. Ao invés disso, tinha encontrado a filha, que, com a voz amedrontada e quase chorando de terror lhe dissera algumas poucas palavras, mas que foram capazes de mudar a vida de muitas pessoas...

CAPÍTULO III

Enquanto voltava para Londres, o Conde foi dominado por um pensamento desagradável.

Lembrou-se dos longos anos que passou dando instruções especiais ao contador particular, que devia transmiti-las a Aslett que se encarregava de todas as suas contas.

Tinha certeza de que os dois não eram cúmplices, mas agora suspeitava de que nenhum dos presentes de Natal havia sido entregue ao destinatário.

Apesar de confiar no contador, tinha que admitir que o Sr. Gladwin, já passara dos sessenta anos e talvez estivesse velho e distraído demais para a função.

Rake era uma pessoa muito exigente, quando queria algo, queria com rapidez. Gladwin já não conseguia mais manter o antigo ritmo de trabalho, satisfazer os pedidos do Conde e realizar mais uma série de afazeres.

Rochester franziu as sobrancelhas. Precisava de um novo contador

Ao mesmo tempo em que se lembrava dos últimos acontecimentos no Castelo, sabia que não teria paz de espírito, enquanto tudo o que possuía não fosse administrado satisfatoriamente.

Entretanto, remover Gladwin de seu posto era tarefa difícil.

Teve uma ideia e antes de entrar em Londres, pegou a estrada de Wimbledon e Common.

Lembrava-se de um oficial com o qual servira no exército e que vivia numa pequena casa, ao norte de Common. Tinham tido contato recentemente, pois o homem o procurara para pedir emprego. As respostas do Major Musgrove às perguntas que lhe fizera na ocasião foram muito satisfatórias. Parecia o tipo de pessoa de que precisava agora.

O Major levava uma vida pacata. Era um dos muitos oficiais que haviam perdido seus empregos, forçados a se aposentar na flor da idade, contra a própria vontade, depois da assinatura do tratado de Amiens. Rake tinha feito discursos ferozes contra isso, na *Câmara dos Lords*, explicando a bobagem que o governo fazia, olhando sem reagir, enquanto Napoleão usava o armistício para reagrupar seus exércitos e construir mais navios.

Tal temeridade preocupava o Conde, que, a propósito, lembrou um antigo poema escrito por John Rochester:

"Nada se consegue sendo bom e sábio.
Ninguém é recompensado por seus grandes feitos,
Quando temos tantos imbecis como Ministros de Estado...".

51

Na ocasião em que citou os versos, os Ministros ficaram vermelhos e pouco à vontade, mas nada fizeram.

Tinha certeza de que o futuro justificaria sua preocupação. Que logo a Inglaterra teria que se preparar para enfrentar a França e tudo seria mais difícil, pois havia dispensado homens experientes e vendido, as suas armas de guerra.

Assim pensando, aproximou-se da casa do Major Musgrove, esperando que o antigo camarada o ajudasse nas dificuldades do dia-a-dia.

Se conseguisse a colaboração dele, teria garantido a volta, da sua paz de espírito

Cinco dias mais tarde, percebeu que ainda não havia agradecido à pessoa que era responsável por todas aquelas mudanças administrativas.

Tudo tinha dado muito certo, melhor do que ele esperava.

O Major Musgrove ficou contentíssimo em ter algo para fazer, principalmente se a tarefa estava ligada com reorganização. Entendeu tudo que o Conde queria e agiu com muita cautela, para não ferir os sentimentos de ninguém. Desde que assumiu seu posto, a casa de Berkeley Square passou a funcionar com perfeição.

O melhor de tudo foi que o Sr. Gladwin concordou em se aposentar.

—Na verdade, *milord*– disse–, há muito tempo estou pensando nisso.

O Conde lhe deu um valioso presente e uma boa quantia em dinheiro, que deixou seu antigo contador cheio de gratidão.

Agora, tudo estava nos devidos lugares, do jeito que ele tanto apreciava.

Mas ainda havia algo a fazer; agradecer a Ofélia.

Lembrou-se dela e do terror que tinha demonstrado naquele encontro. Seria impossível chegar à casa de *Lord* Langstone, em Park Lane, e pedir para falar com ela.

Por outro lado, sabia que Circe ficaria extremamente satisfeita, se soubesse que ele pretendia ir até lá.

Não conseguiria ver Ofélia em segredo. Era completamente impossível. Claro que os criados contariam à *Lady* Langstone e a menina sofreria.

Não tinha visto Circe, desde que voltara a Londres. Isso porque só tinha ido a festas onde não havia mulheres, ou preferia jantares íntimos, com *Lady* Harriet Sherwood.

Ao mesmo tempo, *Lady* Harriet fazia com que seus pensamentos voltassem constantemente à Circe Langstone. Parecia que o irmão dela continuava cada vez mais apaixonado. Circe o tratava tão mal que o rapaz tinha chegado a ponto de pensar em suicídio. Talvez a mulher estivesse descontando no pobre amante a frustração que ele próprio lhe havia causado Disse a si mesmo que a ideia era ridícula. Só tinha ficado a sós com Circe poucos minutos, e nada que fizesse poderia afetá-la, a ponto de atirar suas frustrações sobre os outros homens.

Entretanto, as mulheres eram imprevisíveis e ele havia percebido que Circe só fazia o que queria.

Estava determinado a ver Ofélia e, para isso, decidiu descobrir exatamente o que estava acontecendo na casa dos Langstone.

Durante dois dias, passou por Park Lane, esperando encontrar a moça, mas logo achou que aquilo era um absurdo. Era melhor esquecê-la de uma vez ou entrar imediatamente em contato com ela.

Não sabia como agre, no dia seguinte, enquanto cavalgava pelo parque, pensou seriamente em que tipo de atitude tomar.

O Conde costumava levantar-se bem cedo para cavalgar no parque, antes que o local se enchesse de gente. A parte da manhã era quando gostava de ficar sozinho e se exercitar, por isso, mantinha sua agilidade atlética, pulando e correndo com os cavalos, antes das sete.

O orvalho ainda estava sobre a grama e alguns jardineiros faziam seu trabalho. Podia galopar, esquecendo todos os excessos da noite anterior e logo estaria pronto para um lauto café na manhã.

Dirigiu-se de Curzon Street para Stanhope Gate, onde vivia o guarda do parque, em uma casinha perto do portão que destrancava às seis da manhã.

Rake estava quase atravessando Park Lane, quando viu uma figura conhecida. Por alguns momentos, achou que devia estar imaginando que era Ofélia. Fez seu cavalo diminuir a marcha e observou a garota de vestido branco; era ela!

Trazia na coleira um cachorrinho branco e marrom. De repente, ocorreu ao Conde que ambos tinham outro ponto em comum.

Há seis meses, *Lady* Fitzherbert lhe havia implorando para ajudar a coletar dinheiro destinado às obras de um hospital que ela protegia. Como sempre, o Príncipe de Gales concordou em participar da rifa, assim como todos seus amigos. A rifa correria durante um baile, após as corridas de Cheltenham.

Muitas pessoas ofereceram cavalos como prêmios e o Conde pensou em fazer o mesmo, mas quando o Príncipe de Gales lhe pediu uma contribuição, não descobriu nenhum cavalo do qual desejasse se separar. Por outro lado, naquela mesma manhã, um dos cachorros favoritos deu à luz uma ninhada de seis filhotes.

O Conde gostava muito de seus cães, da raça *spaniel*, mas já havia outros seis filhotes, da ninhada anterior. Decidiu oferecer um deles à rifa e *Lady* Fitzherbert ficou encantada.

—Sei que seus cães são famosos, senhor Conde , pelo ótimo temperamento que têm e pela habilidade para brincadeiras. Será um sucesso.

Poucos dias depois, lhe foi dito onde o animalzinho devia ser entregue e não pensou mais no assunto.

Agora, lembrava que o ganhador tinha sido *Lord* Langstone!

Atravessou Park Lane e entrou novamente no parque. Entretanto, já havia perdido Ofélia de vista. Lembrou o caminho que ela estava seguindo, e poucos minutos depois encontrou-a, sob as árvores.

Estava sentada, quase encolhida, com o cachorrinho a seu lado, solto da coleira. Mesmo assim, ele não se havia afastado, ficando próximo aos pés da moça.

O Conde desceu do cavalo, segurando-o pela rédea, e aproximou-se.

Imersa em seus pensamentos, ela não o percebeu, até que estivesse quase a seu lado, quando então ergueu a cabeça. Ao vê-lo, deu um gritinho e a expressão de terror que ele já tinha visto antes voltou a aparecer em seu rosto.

—Bom dia, Srta. Langstone.

—Vá embora! Por favor, vá embora!— ela pediu, quase chorando—, não converse comigo! Por favor, deixe-me só!

As palavras pareciam-lhe sair dos lábios, como se não conseguisse controla-las. O Conde ficou atônito e perguntou:

—O que a aborrece tanto? Só desejo-lhe falar por alguns minutos!

Percebeu que todo o corpo dela tremia e que parecia que estava fazendo um enorme esforço para não chorar:

—Por favor, qualquer coisa que tenha a me dizer... por favor, diga rapidamente.

Ao terminar, olhou além do Conde, para a entrada do parque, do mesmo modo tinha olhado para a porta do salão, naquele dia em que ele fora encontrar sua madrasta.

—Se está com medo de que alguém a veja comigo— ele disse, depressa—, sugiro que caminhemos um pouco mais para dentro do parque.

Sabia que se fizessem aquilo, ninguém que passasse na rua poderia vê-los. Entretanto, era pouco provável que a madrasta a estivesse procurando na rua, ou mesmo olhando pela janela da casa.

Relutante, como se tivesse grande dificuldade para se mover, Ofélia ergueu-se e, sem dizer nenhuma palavra, caminhou entre as árvores e cercas de arbustos.

O Conde a seguiu, puxando o cavalo, até que ficaram completamente rodeados por folhagens, sendo impossível que alguém os visse.

Ofélia parou e o Conde disse:

—Acho que este lugar está muito bom. Gostaria que se sentasse e ouvisse o que tenho a dizer.

Ela obedeceu, parecendo não ter coragem para discutir. Rake amarrou o cavalo em um tronco próximo e deixou-o ali.

Tratava-se de um cavalo puro-sangue, bonito e do qual gostava muito.

O cachorrinho aninhou-se perto da moça e o Conde sentou-se ao lado dela, estendendo a mão para o animalzinho.

—Este é um dos meus cães. Qual é o nome dele?

Antes que pudesse tocá-lo, o *spaniel* deu um ganido e se escondeu debaixo do banco, com medo.

O Conde ficou surpreso.

—Por que ele está tão nervoso? Nunca soube de nenhum cachorro da minha casa que tivesse medo.

—É porque você tem... um chicote na mão— Ofélia disse, em voz baixa.

O Conde largou o chicote.

—Está me dizendo que um dos meus cães foi chicoteado até sentir medo? Mas, porquê? Qual o motivo?

Havia um tom de urgência na voz dele. Não suportava a crueldade.

Uma vez, tinha conseguido grande publicidade, quando quase matou o cocheiro de uma carruagem, após vê-lo tratando cruelmente um cavalo. Lutou com o homem na rua, os passantes fizeram uma roda em volta dos dois e, ao derrubar o homem, usou nele o chicote que ele havia usado no cavalo. Enquanto muitos aprovavam sou gesto, grande parte de seus amigos o achou vulgar demais para um *gentleman*. O incidente piorou mais ainda sua reputação.

Agora, sem o chicote, ele se abaixou e tentou pegar o cãozinho, que se aproximou de Ofélia, até ser apanhado pelo Conde.

Então, colocando-o sobre os joelhos, ele lhe acariciou a cabeça. O pobre animal, sentindo-se seguro, aninhou-se e balançou o rabo.

Não falou, enquanto o acariciava, pois sua voz poderia amedrontá-lo novamente. Ao ver que o cão já não sentia medo, virou-se para Ofélia:

—Ele está muito magro. Posso sentir os ossos. Não está recebendo comida suficiente?

Depois de um longo silêncio, ela finalmente disse, num tom de voz infeliz:

—Não posso fazer nada.

—Não posso acreditar que seu pai...— respondeu, aborrecido.

Olhou-a. Estava muito diferente da última vez em que a tinha visto.

Muito mais magra, sem a mesma graciosidade. Os olhos pareciam enormes e o rosto, encovado.

–O que aconteceu com você? Esteve doente?– viu-a tremer e continuou–, e o cachorro não está comendo o suficiente, acho que o mesmo acontece com você… o que fez consigo mesma?

Pela cabeça dele, passou a ideia de que Ofélia poderia estar experimentando algum regime, como muitas outras mulheres faziam. Mas, não, sabia que era um absurdo. A graça e elegância de Ofélia, que havia notado na primeira vez em que a vira, eram produto da sua juventude, tinha certeza disso. Ela não falou durante alguns minutos. Depois, respondeu:

–Não adianta me fazer este tipo de pergunta. Por favor, diga logo o que queria dizer, depressa, e depois, deixe-me só. Acho que… não aguento mais.

As últimas palavras saíram sem querer. O Conde então falou baixinho:

–Aguentar o quê? Escute, Ofélia, quero saber o que está acontecendo com você e com este cachorro. Quero saber a verdade'

Viu-a juntar as mãos, como se procurasse não chorar, ou talvez, não sair correndo dali.

Sabia que estava com medo, o corpo todo tenso.

–Vamos falar primeiro sobre o cachorro– disse–, qual é o nome dele?

–Rover. Já veio com o nome, quando papai o ganhou.

O Conde sorriu.

–Ah, agora me lembro. Todos os meus cães têm nomes que começam com R. Aliás, os nomes já estão acabando.

Esperou que ela sorrisse da explicação, mas viu que a menina já não o olhava. Os olhos dela haviam escurecido de medo e também, pensou, como se estivesse ressentida por lhe ter feito tantas perguntas.

O Conde se acostumara com mulheres que conversavam bastante e respondiam rapidamente tudo que perguntava. Era uma novidade ficar ali com aquela menina que só desejava estar sozinha.

Teimoso, decidiu que só partiria depois de saber a causa daquele comportamento estranho. Queria saber, principalmente, quem estava batendo em um de seus cachorros.

Já ia fazer outra pergunta, quando Ofélia disse, num tom de voz diferente:

—Devo lhe agradecer, senhor, pelo que fez por Jem Bullet. Eu fui rude em não mencionar isso logo.

—Estou satisfeito de que tenha ficado contente– disse, com um leve tom sarcástico.

—Estou muito mais do que contente. Temia que ele ficasse sem comida naquela casa horrível, em Lambeth.

—Quem lhe contou sobre Jem Bullet?

—A filha dele. Ela é empregada lá em casa. Fui com ela visitar Jem. Foi quando soube que não recebia nenhuma aposentadoria.

—Quando me disse, não pude acreditar que fosse verdade, que ele tivesse sido esquecido daquele modo. Por isso, desejava tanto vê-la, Ofélia, para lhe agradecer por me ter dado a oportunidade de descobrir certas coisas.

—Quer dizer que não queria deixá-lo sem dinheiro?

Enquanto falava, virou-se para o Conde, como se quisesse ter a mais absoluta certeza de que ele talava a verdade.

—Depois do que você me contou— disse, baixinho—, fui até a fazenda e descobri que meu administrador estava lesando os aposentados mais velhos. Pegava o dinheiro deles e, se não fosse você, nunca teria descoberto isso.

—Oh! Estou tão contente! Contente por saber que não fez aquilo de propósito com o pobre velho.

O Conde sentiu uma onda de ódio.

—Qualquer coisa que tenha ouvido sobre mim, Srta. Langstone, não me importa. Entretanto, deve saber que nunca abandonei os que me serviram.

—Desculpe. Desculpe, não tive intenção de aborrecê-lo, mas parecia tão... estranho... que procedesse daquele modo— a voz dela implorava que ele compreendesse—, Jem Bullet, na verdade, foi procurar o seu administrador, quando conseguiu andar, depois do acidente. O homem disse a ele que você era muito mesquinho, avarento, que não dava nada àqueles que já não tinham serventia.

—Devo informá-la de que isso não passa de uma enorme mentira e espero que acredite em mim.

—Acredito. Agora acredito. Fiquei triste com as circunstâncias em que ocorreu o caso de Jem Bullet e sei que algumas pessoas são realmente muito cruéis.

Na voz dela havia um tom que deu ao Conde, a certeza de que a moça falava por experiência própria. Acariciou o cachorro e disse:

—Do mesmo modo como você se preocupou com o meu velho empregado, agora eu me preocupo com este cachorro, que um dia foi meu.

—Não há nada que se possa fazer. Talvez deva perguntar a papai se permite que o devolvamos.

—Será algo difícil, se não lhe explicarmos a razão para isso. Devo dizer a seu pai que o cãozinho está sendo maltratado?

Ofélia deu um grito de terror:

—Não! Não! Por favor, não faça isso! Prometa que não vai dizer nada a papai. Se ela...

Interrompeu-se, de repente. Já não estava mais olhando para o Conde. Ele observou o perfil da moça.

Ela refletiu se deveria continuar falando, se podia ou não confiar nele. De repente, decidiu-se:

—Por favor, será que pode ir visitar minha madrasta? Fazer a ela algumas visitas? Pode ser... gentil com ela?

O modo com que Ofélia disse "gentil" fez com que ficasse ainda mais intrigado.

—E se eu concordar? Isso fará com que ela pare de bater em Rover? Tinha atirado as palavras ao acaso. Imediatamente, soube que atingira o alvo, ao olhar nos olhos de Ofélia.

O modo como ela o encarava era tão chocante, que ele decidiu arriscar:

—Ela tem batido também em você? Por isso está com esta aparência?

A menina corou, mas logo tornou-se ainda mais pálida do que antes.

—Responda, Ofélia! Quero saber! Diga-me o que está acontecendo! Durante alguns momentos, achou que ela ia se recusar a responder.

Então, Ofélia disse:

–Ela achou que foi minha culpa que você tivesse partido tão rapidamente naquele dia em que foi lá.

–E lhe bateu por causa disso?– perguntou, incrédulo.

–Todos… os dias.

–E Rover?

–Ela sabe que fico triste por causa dele. Deixou, nós dois a pão e água.

O Conde levou a mão à testa:

–Quase não consigo acreditar que esteja me dizendo a verdade! Entretanto, instintivamente, sabia que tudo aquilo estava mesmo acontecendo. Os olhos de Ofélia lhe asseguravam que não mentiam.

Agora, ela estava se virando para ele, olhando-o de uma forma, como se fosse sua única esperança.

–Por favor, faça o que a minha madrasta quer– implorou.

Rake pensou que em toda sua vida nunca se havia encontrado numa situação tão estranha, quase inacreditável.

Se recusasse, como era sua vontade, e sabendo o que sabia sobre Circe Langstone, condenaria aquela criança e um de seus cães, a uma vida que nem conseguia imaginar.

Com surras diárias e uma dieta de pão e água, nenhum dos dois conseguiria viver por muito tempo. Talvez, a morte deles fosse exatamente o que Circe Langstone queria.

Ele já tinha ouvido *Lady* Harriet reclamando tão violentamente de Circe que achava, como muitas outras pessoas, que Harriet exagerava. Não, ela não podia ser assim tão diabólica, pensava. Agora, entretanto, tinha certeza de que nem Harriet nem qualquer outra mulher desconfiava do quanto Circe era má.

Percebeu que Ofélia estava esperando, ansiosa, sua resposta.

—Mesmo que eu faça o que me pede, primeiramente, devo salvá-la da situação em que está, no momento.

—Só você pode conseguir isso— respondeu, calma.

—Suponha que eu fale com seu pai?

—Papai não ouvirá. Ele acredita em tudo que minha madrasta diz.

—Ele deve ter percebido que você parece doente, e como emagreceu— insistiu.

—A madrasta diz a ele que tudo é culpa minha. Que não como direito e que passo as noites lendo, em vez de dormir.

Sabia que George Langstone era um bobo, mas precisava encontrar alguma solução para aquele problema.

—Pode, por favor, levar Rover embora?— Ofélia pediu—, ele é tão novinho, tão adorável. Ele não compreende por que está sendo espancado.

Soluçou e o Conde sentiu-se emocionado.

—E você?

—Eu, eu... estarei... bem.

—Olhe para si mesma. Nunca conseguirá estar bem— ele disse, ríspido—, não tem parentes com quem possa morar?

—Já pensei nisso, mas minha madrasta me traria de volta.

—Por quê?

–Porque ela tem medo de que eles me apresentem aos seus amigos... que eu encontre pessoas que ela conhece. Ela não quer que ninguém saiba que eu existo.

–Isso é ridículo! Claro que você existe. Seus parentes devem saber que já está crescida e precisa ser apresentada à sociedade nesta estação.

–Se eles perguntaram sobre mim, eu nunca soube.

O Conde achou que aquilo era como estar num Castelo assombrado, sozinho, sem saber como sair.

Enquanto conversava com Ofélia, pensava no que fazer para salvar aquela criança patética e, certamente, seu cachorro também. A atitude mais óbvia era procurar George Langstone, mas ao refletir sobre isso, lembrou dos olhos verdes e provocantes de Circe, de seu sorriso misterioso. Sabia que Langstone estava apaixonado demais pela segunda esposa, para acreditar em qualquer coisa que alguém dissesse contra ela. Se tivesse que escolher entre a mulher e a filha, certamente ia preferir a primeira.

–Você está me dizendo, a sério, que se eu for visitar a sua madrasta hoje, como parece que ela quer, você e Rover não serão espancados?

–Sim, se você a fizer... feliz.

Compreendeu o que ela queria dizer com "feliz". Pensou mais uma vez na estranha posição em que se encontrava. Nunca, em toda sua vida, uma mulher jovem e bonita como Ofélia, lhe havia pedido para fazer amor com outra.

Enquanto pensava nisso, descobriu que seria impossível faze-lo, agora que sabia tantas coisas sobre Circe

Langstone, e muito menos toca-la, quanto mais, fazer amor com ela.

Todos seus instintos o afastavam de uma mulher que pudesse ser tão cruel com seres tão frágeis, como Ofélia e o cachorro.

—Por favor— ela implorou.

De repente, teve a sensação de que o cãozinho, em seu colo, repetia, com os olhos, o pedido dela.

—Farei uma visita à sua madrasta, no fim da tarde. Mas com uma condição.

—Qual é?

—Que amanhã você se encontre comigo aqui, a esta mesma hora Arregalou os olhos, antes de falar;

—Acho melhor não ver mais você. Foi porque conversamos naquele dia que tudo isso aconteceu.

—E porque tudo isso aconteceu, eu insisto em vê-la amanhã de manhã. É a minha condição, Ofélia. Se recusar, acho que terei outras coisas a fazer, esta tarde.

Sabia que estava sendo quase brutal com sua insistência. Ao mesmo tempo, temia não vê-la mais. Era a única coisa que podia fazer, depois de saber o que havia acontecido após sua primeira visita. Sentia-se responsável, tanto por Ofélia, quanto por Rover.

Sentia ternura pelos dois, porque eles tinham sofrido muito. Gostava de ajudar as pessoas. Lembrou da fisionomia agradecida dos empregados aposentados, ao receberem suas pensões corretas. Não podia deixar que Circe continuasse se comportando daquele modo terrível.

De repente, Ofélia havia-se tornado uma vítima a ser salva, e estava decidido a ganhar a batalha contra a madrasta dela.

Não tinha a menor intenção de fazer o que a moça lhe havia pedido, precisava encontrar uma alternativa para acalmar Circe. Na hora, encontraria algo.

—Está bem, virei encontrá-lo aqui amanhã, como pediu.

—Promete?

—Prometo.

— Vou ajudá-la a não pensar em quebrar sua promessa. Trarei alguma comida para você e para Rover.

Parecia tão frágil que, talvez, nem conseguisse sobreviver até o dia seguinte.

—Tem certeza de que alguém lhe dará algum alimento hoje?

—Eles foram proibidos de fazer isso— Ofélia explicou—, mas acho que, às vezes, Rover rouba alguma coisa da mesa, quando consegue.

—Deixe-me ir até em casa e lhe trazer algo.

A moça sacudiu a cabeça.

—Preciso voltar. A empregada da madrasta perceberá que estou fora há muito tempo. Ela espiona tudo que faço. Foi ela quem contou à madrasta que tínhamos-nos encontrado no salão, naquele dia.

Que situação mais intolerável! Entretanto, sabia que mulheres como Circe sempre têm empregadas que as ajudam e em quem confiam.

Uma cúmplice, como os franceses diziam, e ele não conseguia imaginar uma definição pior.

CAPÍTULO IV

Ofélia levantou-se.

—Precisa continuar o seu passeio.

Olhou para o cavalo, que pastava:

—É um animal lindo.

—Gosta de cavalos?

—Mamãe e eu sempre cavalgávamos. Naquele tempo, éramos muito, muito felizes.

Havia algo de patético no modo como ela falou, como se a felicidade fosse algo que nunca experimentaria novamente.

O Conde pensou em colocá-la em um de seus cavalos e galoparem juntos pelo parque, em direção ao Castelo.

Depois, disse a si mesmo que, apesar de querer salvar Ofélia dos mal tratos da madrasta, não queria se envolver com uma garotinha da idade dela. A reputação da moça, com certeza, seria prejudicada.

Na verdade, Ofélia estava certa, dizendo que devia voltar para casa. As horas tinham passado. Logo, outros cavaleiros entrariam no parque, e o Conde era muito conhecido para passar despercebido. Todos perguntariam com quem estava conversando.

—Até amanhã— ele disse.

Ela sorriu, como uma criança necessitando de proteção, enquanto ele montava.

Lá do alto do cavalo, Ofélia parecia ainda menor, imatura, quase transparente.

—Como consegue aguentar o mundo em que está vivendo?— murmurou para si mesmo.

Ela ergueu o rosto para ele. Seus olhos eram muito expressivos, quando pediu:

—Vai fazer... mesmo... o que disse?

—Confie em mim. Confie em mim, Ofélia. Eu não a desapontarei.

—Eu... confio em você.

As palavras saíram tão baixinho que ele quase não ouviu. O cavalo saiu a galope em direção ao riacho do parque e ele repetiu intimamente uma dúvida que o atormentava:

—O que posso fazer para ajudá-la? Que, diabos, o que posso fazer?

Circe Langstone desceu da carruagem e, seguida por Marie, entrou em casa.

Estava linda, com um chapéu enfeitado de plumas e uma capa de tafetá verde sobre os ombros.

Entretanto, tinha o rosto preocupado, ignorando quando um criado e o mordomo se aproximaram.

Começou a subir as escadas, antes que Bateson dissesse:

—O Conde de Rochester chegou, *milady*.

Lady Langstone virou-se, como se não tivesse ouvido direito.

—O quê?

—O Conde de Rochester está no salão, esperando pela senhora.

Durante um momento, Circe Langstone não se mexeu. Depois, sem dizer uma palavra, subiu correndo a escadaria, acompanhada por Marie.

Só após fechar a porta do quarto, falou:

—Ele voltou! Zenobe estava certa!

—Eu lhe disse... *milady*. Eu disse-lhe— Marie comentou—, precisa confiar nela! Sua mágica é infalível! Tinha--lhe dito que ia funcionar, sempre funciona!

Marie havia falado tudo em francês. Como sempre acontecia, quando conversava com a patroa, estava muito excitada ou com medo de que alguém a ouvisse.

Circe, entretanto, respondeu, calmamente:

—Ele voltou! E agora, Marie, vou segurá-lo, não conseguirá escapar!

—Confie em Zenobe, *milady*.

—Confio, confio.

Enquanto falava, ela tirou o chapéu e a capa. Olhou-se no espelho para ver se precisava trocar de roupa. Estava impaciente demais. O vestido verde que usava servia, era uma de suas últimas aquisições e a agradava muito.

Ajustava-se ao seu corpo de modo preciso, como estava na moda, dando a impressão de que não usava nada por baixo, o que era verdade!

Circe era muito mais esperta do que a maioria das mulheres. O que nas outras as roupas revelavam claramente, nela era apenas levemente insinuado. Concentrou-se em usar o poder a que nenhum homem resistia e caminhou, vagarosamente, para o salão.

Ao abrir a porta, respirou fundo. O Conde estava de pé, perto de uma das janelas, olhando Park Lane e o parque mais ao longe.

Ele pensava na estranha conversa que tinha tido com Ofélia, achando difícil acreditar em tudo que ela lhe havia dito, mesmo sabendo que era a mais absoluta verdade.

Imaginava como escapar daquela posição em que ela, no seu jeito tão desamparado, o havia colocado. Sabia que, no momento, não podia fazer mais nada, a não ser visitar Circe Langstone.

Mas era astuto o suficiente para armar um plano, antes de entrar na casa de George Langstone. Quando a porta se abriu e viu Circe ali de pé, perguntou-se se o plano funcionaria.

—Mas, que surpresa deliciosa!— ela disse.

Falou com uma voz aveludada, que combinava perfeitamente com os seus movimentos felinos.

Enquanto a mulher caminhava em sua direção, ele teve a sensação de que uma serpente se aproximava.

Circe lhe estendeu a mão e ele se inclinou. Não a beijou, como tinha certeza de que ela desejava que fizesse.

—Sente-se, Conde. Espero que hoje os seus cavalos não estejam esperando, impacientes, como na última vez em que esteve aqui.

—Pensei se me daria o prazer de passear a cavalo comigo pelo parque.

Achou que ela não resistiria ao convite, pois assim poderiam ser vistos juntos e a maioria de seus amigos pensaria que ele tinha sucumbido aos encantos daquela mulher.

Entretanto, tinha subestimado sua oponente!

Circe sorriu, percebendo todas as consequências do que ele havia proposto, mas sabendo também que o homem se afastava do ponto principal:

–Acabei de voltar de um passeio e, francamente, prefiro ficar, aqui conversando com calma.

–Então, quero fazer outra sugestão.

–Qual?

O que acha de jantar comigo amanhã?

Ela ergueu as sobrancelhas, espantada. Era óbvio que não esperava aquele convite.

–Está dando uma festa? Ou ficaremos a sós?

–A escolha é sua. Só que gostaria imensamente de recebê-la em minha casa.

Disse a frase de um modo que as palavras tivessem um duplo significado.

Pela primeira vez, ocorreu a Circe que ele não fizera amor com ela naquele primeiro encontro porque se encontrava em uma casa estranha. Os cavalheiros, dizia-se, sempre preferem as próprias casas!

Nenhum de seus amantes havia tido este tipo de escrúpulo. Achou que o Conde era, realmente, alguém muito especial, acima de tudo, um *gentleman* completo.

Havia poucos de quem ela podia dizer a mesma coisa, mas, com ele, era melhor pensar muito, antes de agir. Era um homem sensível e, certamente, teria escrúpulos em relação a seu marido, George Langstone.

Ficou encantada ao perceber que o estranho comportamento dele, no primeiro encontro, na verdade podia ser encarado como pericialmente normal.

—Terei muito prazer em aceitar o convite disse, antes de pensar mais.

—Também terei prazer. Só espero que seu marido não fique aborrecido por não ter sido incluído.

Circe sorriu novamente.

—Oh, nestas ocasiões, eu sempre digo a George que vou jantar com uma amiga, e que depois assistirei a um concerto. Se há algo que o aborrece, é a música.

O Conde fez um esforço para rir.

—Então, para nos mantermos fiéis à verdade, prometo que haverá música. Do tipo que se ouve, mas não se vê os músicos!

—Oh, será delicioso e muito... romântico.

Ela fez apenas uma pequena pausa súbtil, antes de dizer a última palavra.

O Conde sorriu e se levantou.

—Então, estarei esperando-a amanhã à noite, às sete e meia. Janto no mesmo horário do Rei.

Era a hora da moda. Muito mais tarde do que as pessoas comuns, que geralmente jantavam às seis horas.

Circe estendeu a mão com o imenso anel de esmeralda.

O Conde olhou a pedra, achando que via nas profundezas dela o mesmo brilho maléfico do olhar de sua dona.

—Está admirando meu anel?

—E também a mão que o usa.

Sabia que, se quisesse desempenhar corretamente seu papel, teria que beijar aquela mão. Só que não conseguia fazê-lo.

Tocar Circe Langstone era-lhe repulsivo, como se tivesse que se forçar a tocar em uma cobra.

Fez uma reverência e largou a mão, procurando dizer com emoção:

—Até amanhã.

Saiu do aposento e não olhou para trás, mantendo sua dignidade habitual.

Só quando chegou na entrada da casa, percebeu que estava fazendo o maior esforço para se controlar e não sair correndo.

Nunca, disse a si mesmo, enquanto entrava na carruagem, nunca tinha sentido tanto a presença de forças demoníacas, concentradas em um corpo de mulher.

Ofélia foi para casa, sentindo que tudo daria certo, se confiasse no Conde. Tinha que fazer uma porção de coisas naquele dia. Felizmente, eram todas tarefas caseiras, pois sentia as pernas fracas demais para sair.

Sabia que isso se devia à falta de comida e às contínuas surras da madrasta. Suas costas ardiam como fogo.

As cinco horas, estava tão cansada, que subiu para o seu quarto, sabendo que não aguentaria fazer mais nada.

Na mesa, ao lado da cama, havia duas fatias de pão e um copo de água.

Para Rover, nada. A madrasta tinha certeza de que ela daria um pouco do seu pão ao cachorrinho.

Aquele era um jeito muito sutíl de puni-la, fazendo com que Rover sofresse também. Olhou-o, ansiosa, enquanto esmigalhava uma das fatias, molhando os pedaços na água. Depois colocou-os num prato, que estava no chão.

Rover comeu tudo, em segundos, e olhou-a, esperançoso.

—Acabou— ela disse—, mas, talvez mais tarde, consiga mais um pouco.

Sabia que era uma esperança falsa.

Suspeitava de que, mesmo se o Conde aparecesse, a madrasta continuaria com as punições, apenas porque a odiava.

Infelizmente, o pai estava viajando, ia passar três dias em Epsom, para as corridas e visitando amigos.

Na noite antes da partida dele, Ofélia decidiu-se a contar como a madrasta a mal tratava. Afinal, se ele visse suas costas, cortadas pelo chicote, sangrando, seria forçado a reconhecer que a esposa mentia.

Entretanto, algo de muito sensível, dentro de Ofélia, se recusou a expor o que acontecia entre ela e a mulher. Odiava cenas e sentiu que, se ele soubesse realmente que tipo de mulher tinha trazido para o lugar de sua mãe, ficaria muito chocado, e não podia prever sua reação.

Era tudo complicado demais para a cabeça de Ofélia.

Ao mesmo tempo, a humilhação que sofria nas mãos da madrasta era algo sobre o qual não conseguia falar. Só conversara sobre o assunto com o Conde porque ele insistira em saber a verdade e poderia ajudar.

Agora, sentia-se fraca demais. Pegou uma fatia de pão e tentou comer um pedaço. Depois de mastigar um pouco, sentiu o pão seco lhe grudando na garganta.

Impulsivamente, esmigalhou o resto da fatia e deu a Rover. Depois, deitou-se e fechou os olhos.

Estava semiconsciente e meio dormindo, quando ouviu uma leve batida na porta e Emily entrou.

Fechou cuidadosamente a porta atrás de si e correu para perto da cama.

—Trouxe alguma coisa para comer, Srta. Ofélia. Não é muito; queijo e um pouco de galinha. Roubei da mesa, quando o cozinheiro não estava olhando.

Durante um momento, Ofélia sentiu-se muito fraca para se mexer.

Então, sabendo que tinha sido difícil e arriscado para Emily fazer aquilo, forçou-se a ficar sentada.

—Obrigada, Emily… e Rover?

—Trouxe algo para ele também— a outra pegou um embrulho no bolso do avental.

Quando o abriu no chão, Ofélia viu que continha restos de comida, provavelmente dos pratos dos criados.

Rover atirou-se a eles, engolindo tudo rapidamente e abanando alegre mente o rabo.

—Obrigada, Emily.

—Agora, coma o que eu lhe trouxe, Srta. Ofélia. Parece meio morta.

—É como me sinto.

Sabendo que deixaria Emily contente, comeu o pedaço de galinha e tentou mastigar um pouco de queijo.

Depois de dois dias a pão e água, sentia uma fome desesperada, uma forte dor no estômago, mas descobriu que estava extremamente fraca e era difícil engolir as coisas, até mesmo o pão com água que, de manhã, os criados lhe traziam.

Era uma humilhação, mas Ofélia decidiu não se incomodar. Tudo que a preocupava era Rover. Sabia que a madrasta o espancaria novamente, só para deixá-la triste.

—Não posso comer mais.

Deixou um pedacinho de queijo. Emily pegou-o, como se se tratasse de algo precioso, e olhou em volta, procurando algum lugar para escondê-lo.

—Estou muito grata— Ofélia disse—, foi uma refeição que nunca esquecerei.

—Mas, agora, vai pagar por ela!— disse uma voz aguda, vinda da porta.

As duas moças olharam, aterrorizadas. Circe entrou no quarto.

* * *

O Conde passou uma noite muito agradável em Carlton House.

Tinha sido o tipo de jantar de que gostava. O Príncipe de Gales estava em um de seus dias mais animados e a conversa era estimulante e inteligente.

Ninguém podia ser mais divertido do que o Príncipe, quando não bebia demais. Era muito bem-educado e tinha um imenso bom gosto; possuía, também, o talento de transformar cada frase em uma piada e fazer mímica, imitando as pessoas mais diferentes.

Diziam até que, se não fosse príncipe, poderia ganhar a vida como ator de teatro.

Além dele, lá estava também Charles Fox, que, apesar de ser um jogador, tinha feito discursos brilhantes no Parlamento. Outro convidado era *Lord* Alvanley, aclamado por muitos por seus dotes de liderança.

A comida foi soberba; os vinhos, excelentes, e quando o Príncipe decidiu-se retirar, faltava pouco para meia-noite.

Tinha sido a Sra. Fitzherbert quem salvara o Príncipe das consequências de um casamento desastroso, e o estava persuadindo a não beber muito, pois todos os médicos o avisavam de que podia ser prejudicial à sua saúde.

Não era preciso perguntar a Charles Fox onde iria após o jantar. Todos já conheciam seu roteiro pelas mesas de jogo da cidade, onde permanecia até o amanhecer, perdendo um dinheiro que não tinha.

Os amigos do Conde comentavam que Charles chegava a perder verdadeiras fortunas em uma só noite.

Lord Alvanley, que não podia se arriscar a perder nada no jogo, iria para White, onde beberia mais um pouco com alguns amigos.

Um dos convidados sugeriu ao Conde, que fossem a uma das "casas de prazer" das quais havia tantas ao redor de St. James.

–Soube que chegaram novas francesas há poucos dias. Certamente, devemos visitá-las. Venha comigo, Rake.

Ficou surpreso, quando o Conde recusou:

–Hoje não. Prefiro ir para casa, dormir.

O amigo ergueu as sobrancelhas, espantado.

—Será que tem algum encontro secreto?

—Não. Estou dizendo a mais absoluta verdade.

—Se não tomar cuidado, Rake, vai perder a reputação de ser um dos homens mais malcomportados da cidade.

—Isso, realmente, será um desastre— o Conde respondeu, sarcástico, enquanto o amigo ria.

—Depois lhe farei um relatório completo sobre as recém-chegadas— o outro prometeu.

—Me divertirei com o seu prazer.

A noite estava agradável, com lua cheia. O Conde preferiu ordenar que a carruagem seguisse e saiu a pé, por Carlton Square, St. James Street, em direção à Berkeley Square.

Estava tão mergulhado em pensamentos, que várias mulheres tentaram atrair sua atenção, mas não conseguiram.

A caminhada, depois do farto jantar em Carlton House, lhe fez muito bem.

Só quando chegou na porta da frente de sua casa, pensou se teria sido um erro voltar tão cedo.

Tinha sentido vontade de ficar sozinho para pensar, mas agora seus pensamentos o estavam deixando preocupado demais, achando que não conseguiria dormir, nem descansar.

Desde que deixara Circe, sabia que teria que resolver dois problemas, mas como cancelar o convite que ele lhe havia feito para jantar e como tirar Ofélia das garras dela?

Tentou lembrar se conhecia algum parente dos Langstone, mas nenhum nome lhe veio à memória.

George Langstone não era um nobre importante. Havia entrado na alta sociedade por ser rico e um bom esportista. No tempo em que a *sociedade* era mais restrita, jamais teria esta chance.

Entretanto, o Príncipe de Gales tinha ampliado o número de membros da Corte, deixando que nela entrassem até desconhecidos, aos quais chamava alegremente de "seus amigos".

Era surpreendente como o Rei e a Rainha se sentiam à vontade, quando convidavam aquelas pessoas para Carlton House.

Ao mesmo tempo, como os amigos do Príncipe eram muito divertidos, todos os outros nobres os incluíam em seus convites.

–Preciso pedir a ajuda de alguém– disse a si mesmo, irritado.

Era ridículo pensar que ele, um homem experiente, um homem que nunca, se pudesse, falaria com uma garotinha, de repente se visse metido em tamanha confusão Precisava sair dela

A primeira e mais fácil solução era simples, podia se afastar de tudo e deixar que as coisas continuassem como estavam.

Que importava a ele que Ofélia, a quem tinha visto apenas duas vezes, fosse surrada pela madrasta? Se o mesmo acontecia ao cachorro, acontecia também com muitos outros naquela cidade.

Mas ele sabia que, por pior que se tivesse comportado na sua vida, nunca tinha deixado ao desamparo alguém que precisasse de ajuda e parecesse frágil demais.

As mulheres que amara e deixara chorando tinham sido todas muito sofisticadas e já sabiam o que as esperavam, quando se envolveram com ele. Aceitavam os riscos de tê-lo como amante.

Sabia que tinha tratado algumas muito mal, mas eram poucos os incidentes do seu passado, dos quais quase nem lembrava.

Mas nunca, e isso era a mais absoluta verdade, tinha observado impassível, enquanto uma criança ou animal eram espancados. Certamente, não pretendia começar agora.

Ergueu a mão para o trinco da porta e, quando a abriu, o porteiro da noite se adiantou para receber o chapéu e a capa.

—Desculpe, *milord,* mas há uma jovem que quer vê-lo.

— Uma jovem?

Passou por sua cabeça que podia ser Ofélia. Entretanto, afastou a possibilidade, sabendo que era impossível.

—É uma empregada, senhor— o porteiro explicou—, ela pediu que eu lhe dissesse que é a filha de Jem Bullet, e que é muito importante vê-lo com urgência.

A filha de Jem Bullet e o Conde lembrou-se de Ofélia lhe ter dito que a moça era empregada em sua casa.

—Vou recebê-la— disse, enquanto se dirigia à biblioteca.

Lá encontrou uma garrafa de champanhe aberta, à sua espera, sobre uma bandeja comprida. Já não sentia mais sede, apenas uma curiosidade imensa sobre o motivo daquela visita.

Enquanto esperava, percebeu que poderia ser mais um problema em busca de solução. Cerrou os lábios, já estava ficando cansado de confusões.

Como poderia imaginar que, há uma semana, uma conversa curta mudaria todo o rumo da sua vida bem programada, tendo de substituir o administrador e o contador?

Além disso, tinha suas outras ocupações, os encontros com as amantes e o papel que desempenhara no tempo da Revolução Francesa, que lhe trazia consequências até o momento.

Naquele tempo, sua habilidade de tomar decisões rápidas e seu talento para os disfarces não só conseguiram salvar muitas vidas, como também a sua própria.

Havia sentido então um grande entusiasmo pela vida que, depois, achava ter perdido, com o passar da idade.

Entretanto, a excitação parecia estar voltando. Ele reconhecia sua aproximação. Sempre acontecia isso, quando algo importante lhe ia acontecer.

Sentiu que a cortina estava sendo erguida e a não ser que conseguisse desempenhar perfeitamente seu papel, não só não receberia nenhum aplauso, como teria que arcar com consequências sérias e inimagináveis.

A porta da biblioteca foi aberta.

–Emily Bullet, senhor– o mordomo anunciou.

Emily entrou e fez uma reverência.

Parecia extremamente nervosa, mas o Conde simpatizou com a moça.

Era óbvio que se tratava de uma garota do interior, forte, de corpo arredondado, o rosto rosado e uma expressão honesta nos olhos envergonhados. Usava um vestido preto e um xaile de lã nos ombros.

Trazia também um pequeno chapéu de palha, enfeitado com fitas.

Era o tipo de roupa respeitável para uma empregada, o tipo que ele havia visto desde criança, sendo usado em seu Castelo ou quando elas iam à Igreja, nos vilarejos.

Emily permaneceu de pé, perto da porta.

–Então, é a filha de Jem Bullet?

–Sim, senhor.

–Por que veio me procurar?

–Foi a Srta. Ofélia quem me mandou, senhor. Eu não queria perturbá-lo, mas ela disse que eu devia vir.

–Por quê?

–A madrasta dela me despediu e me expulsou da casa agora à noite. Não tenho dinheiro, senhor, nenhum centavo.

Ela se interrompeu e o Conde percebeu que estava quase chorando.

–Aproxime-se e conte exatamente o que aconteceu. Por que a madrasta dela despediu você?

–Porque levei um pouco de comida para a Srta. Ofélia e para o cãozinho. Sabia que não devia ter feito aquilo, principalmente depois das ordens da senhora, mas os dois estavam morrendo de fome, senhor. Não lhes pude levar nada antes, porque estava sendo vigiada.

O Conde não falou e Emily achou que ele não havia entendido.

–A Srta. Ofélia está sendo castigada, senhor. Esta noite foi terrível, acho que a madrasta a matou.

–Matou?

–Sim, senhor. Ela estava inconsciente, quando saí do seu quarto. Depois voltei e ela falou baixinho comigo, me dizendo que viesse procurá-lo.

–Está dizendo– ele perguntou, procurando se controlar– que a madrasta a espancou esta noite?

–Sim, senhor, e me fez assistir, enquanto a espancava, por que eu lhe havia levado um pouco de comida.

–O que aconteceu?

Para ele era difícil controlar a raiva que sentia. Entretanto, tentou não amedrontar Emily e procurou falar calmamente.

–Levei para a Srta. Ofélia um pedaço de queijo e um pouco de galinha, e restos de comida para o cachorro.

–Foi muita gentileza sua.

–Eu sabia que ia ter problema, se alguém me visse, mas achei que estava segura, pois tinham dito que a madrasta estava deitada e a empregada francesa, que conta tudo a ela, tinha ido dormir também.

–Continue.

–Bem, a Srta. Ofélia e o cachorro comeram o que puderam e estavam terminando, quando a madrasta entrou no quarto. Oh, Deus, foi tão horrível!

Emily começou a chorar.

Pegou um lenço e escondeu nele o rosto.

O Conde esperou um momento e então falou:

–Quero que me diga tudo o que aconteceu e, então, talvez eu possa fazer alguma coisa.

–Agora é tarde demais– Emily disse, soluçando–, a Srta. Ofélia morreu! Acho que já estava morta, quando saí de lá! Havia sangue em suas costas, mas não pude olhar o rosto dela, não pude. Oh, Deus!

–E a madrasta bateu também no cachorro?

–Bateu tanto, senhor, até que ele começasse a gemer e chorar como uma criança! E a Srta. Ofélia pedia, bata em mim, mas não em Rover! Ele não compreende nada!

As palavras de Emily quase não podiam ser ouvidas mas o Conde sabia perfeitamente o que havia acontecido.

Só não compreendia porquê. Depois do pedido de Ofélia, tinha ido lá, visitar a madrasta. Aquilo tudo não devia ter acontecido!

–Tem alguma ideia– perguntou, depois de uma pausa, durante a qual só se ouvia os soluços de Emily–, porquê é que a senhora surrou a senhorita esta noite? Ou porque é que ela foi até o quarto da enteada?

Aquela era realmente a pergunta mais importante, no momento. Porque Circe tinha decidido bater na enteada, antes mesmo de saber que ela estava recebendo comida às escondidas?

–É porque a madrasta gosta de surrá-la, senhor. É parte do que ela e a empregada francesa fazem, quando vão naquela casa horrível!

–Que casa?

–Talvez eu não devesse ter mencionado isso, senhor, me disseram para nunca falar sobre este assunto.

—Se você quer que eu ajude a senhorita, precisa me dizer tudo o que sabe. Primeiramente, precisa esclarecer quem lhe falou sobre este lugar onde a madrasta dela vai.

Emily pareceu pouco à vontade:

—Foi... Jim, senhor.

—E quem é Jim?

—É o cocheiro da carruagem da senhora. Ele veio do interior... do mesmo lugar que eu. Nós nos conhecemos desde criança.

—O que Jim lhe contou?

—Não vai causar problemas a ele, senhor?

—Prometo que Jim não será envolvido em problemas— o Conde respondeu, solene–, mas, se quer que eu ajude Ofélia, se quer mesmo, tem que me contar o que sabe.

—Quero que a ajude, é claro, senhor, e é que, se algo não for feito, rapidamente, poderá ser tarde demais.

—Então, conte-me tudo o que sabe. Vamos começar com Jim.

—Jim dirige a carruagem para a madrasta.

—E onde eles vão?

—A um lugar em Chelsea, senhor, chamado Limbrick Lane.

—E Jim contou o que acontece lá?

Emily olhou em volta, nervosa. Depois, falou com uma voz, que mal dava para ser ouvida:

—É magia, senhor... magia negra... da forte. Eles invocam o diabo.

Era o que *Lady* Harriet lhe havia dito, mas não acreditara nela.

—E isso acontece em uma casa em Limbrick Lane?

—Sim, senhor.

—Como Jim soube?

—Como ele vai sempre lá, fez amizade com alguns dos vizinhos. Eles estão todos apavorados, Jim disse, com o que acontece na casa número treze.

—Contaram a ele quem mora lá?

Emily baixou ainda mais a voz.

—É uma velha chamada Zenobe, ou um nome parecido com este, e um homem que disse que foi padre, mas...

Emily hesitou, procurando a palavra.

—Leigo?

—Sim, acho que é isso, senhor! Foi uma palavra estranha para mim, mas acho que foi o que Jim disse.

—O que mais ele falou?

—Que levam animais lá... galos, galinhas e um dia, até levaram cabritos que sangravam muito... uma mulher contou... quando viu dois que conseguiram fugir.

O Conde prendeu a respiração. Tinha uma leve ideia do que acontecia nas cerimônias de magia negra, onde se faziam sacrifícios.

—Mais alguma coisa ?

—Não gosto de falar disso, senhor, e espero que não conte a ninguém o que eu disse...

—Quero saber tudo, Emily. Lembre-se de que estou disposto a ajudar Ofélia.

A voz dela passou a ser um leve murmúrio.

—Jim disse, senhor, que as pessoas da casa treze, roubaram o bebe de uma mulher. Ela descobriu e foi lá reclamar. Eles lhe deram ouro e ela foi embora. Nunca mais ninguém viu a criança O Conde ergueu-se. Era impossível ouvir mais Quase não conseguia acreditar que estavam falando de coisas reais. Entretanto, sua intuição lhe dizia que era tudo verdade, que tudo aquilo só servia para assegurar ainda mais a veracidade dos boatos que circulavam sobre Circe Langstone.

Uma coisa era visitar cartomantes que liam bolas de cristal ou cartas, outra, muito diferente, era participar de magia negra…

Sabia agora por que ela sentia vontade de ser cruel, não apenas com Ofélia e Rover, mas com todos que estivessem próximos.

—Obrigado por ter falado com tanta franqueza, Emily. Agora, conte-me o que pretende fazer esta noite.

—Não sei, senhor. Pedi para dormir na casa dos Langstone, mas ao lado. Circe disse que eu devia estar fora de lá dentro de uma hora. "Onde devo ir, senhora?", perguntei a ela…. "Sem dúvida, encontrará nas ruas um homem que cuidará de você", ela me respondeu, furiosa; "Ele a colocará no lugar certo onde deve ficar. Na verdade, acho que o rio é o local onde deve terminar!"

—Mas, antes de sair, você voltou a ver a Srta. Ofélia?

—Achei que ela estava morta. Depois de todo aquele castigo, mas, quando lhe falei, ela abriu os olhos e disse-me: "Deve procurar seu pai, Emily". Não posso fazer isso, senhorita, eu disse. Pretendia lhe contar, mas não tive a oportunidade. O Conde o mandou de volta para o campo e lhe deu uma casa. Só posso ir vê-lo quando pegar a diligência amanhã de manhã, e nem sei como, pois não tenho nenhum dinheiro.

Emily falava de um fôlego só:

—Foi então que ela me mandou procurar o senhor. Falou com uma voz muito fraca, que quase não pude ouvi-la. Disse que cuidaria de mim, se lhe dissesse que era a filha de Jem Bullet. Pediu que eu viesse correndo, a coitadinha.

A moça começou a soluçar:

—Queria ficar e ajudá-la, senhor, mas ela parecia tão amedrontada com a minha presença... só ficava repetindo: "Não fique aí parada, minha madrasta pode voltar!"

Olhou em volta, perdida, enquanto terminava:

—Fiz exatamente o que ela pediu e aqui estou.

—Fez a coisa mais certa, Emily. Vou pedir a minha governanta para cuidar de você esta noite e amanhã poderá ir para o campo, encontrar seu pai.

—Oh... senhor!

As lágrimas rolaram. Ela já não conseguia mais controlá-las.

Rake sabia que a menina estava aterrorizada. Precisava ajudá-la, para que não se tornasse mais uma das muitas mulheres da rua:

—Tenho certeza de que posso lhe arranjar um emprego no Castelo. Mandarei instruções para que algo seja feito neste sentido.

—Obrigada, senhor! Muito obrigada!

Depois assoou o nariz com força e enxugou os olhos.

—Pode fazer alguma coisa pela Srta. Ofélia, senhor? Não é justo que ela tenha que sofrer tanto.

—Não, não é justo. Prometo que farei algo para ajudá-la.

Emily suspirou fundo. Sua ansiedade parecia estar passando.

O Conde dirigiu-se à lareira e tocou uma sineta.

A porta se abriu e surgiu o mordomo.

—Leve Emily para a Sra. Kingstone. Ela vai passar a noite aqui e amanhã de manhã irá ao Castelo. Conversarei com o Major Musgrove sobre isso.

—Muito bem, senhor.

Emily fez uma reverência e seguiu o mordomo, saindo do aposento.

Quando ficou sozinho o Conde levou a mão à testa, como se procurasse forçar seu cérebro a raciocinar sobre tudo o que tinha ouvido.

Quando Ofélia adormeceu, já estava quase amanhecendo. Dormiu um sono pesado e, por alguns instantes, sentiu-se livre da dor que lhe devorava as costas.

A última coisa que ouviu, ames de dormir, foi Rover gemendo baixinho debaixo da cama. Ele ainda gemia, quando acordou.

A claridade pálida do amanhecer filtrava-se através das cortinas, mas o sol ainda não estava brilhando e ela percebeu que havia dormido, talvez, menos de uma hora.

«Não me posso mexer», pensou, percebendo que a dor atacava com força, ao menor movimento.

Então, lembrou-se da promessa que havia feito ao Conde, de se encontrar com ele no parque.

—Não vou conseguir chegar até lá— disse a si mesma.

Ouviu Rover gemendo e teve uma ideia. Precisava encontrar o Conde para lhe entregar o cachorro.

Vira como ele se tinha perturbado no dia anterior, ao saber do que estava sucedendo ao animalzinho. Precisava encontrá-lo para que salvasse o cão, que um dia lhe pertencera.

—Se ela não torturar mais Rover, será fácil aguentar minha própria dor— Ofélia murmurou.

Com muito cuidado, apoiando-se sobre as mãos, sentou-se. Cada movimento era uma agonia. Tentou sair da cama e achou que ia desmaiar.

Aos poucos conseguiu se erguer, prendendo a respiração para não sentir muita dor. Seus lábios estavam secos e rachados. Bebeu um pouco de água e devagar, muito devagar, pois ao mexer os braços sentia uma terrível pontada no peito, e depois vestiu-se.

Sabia que, se não saísse de casa bem cedo, a madrasta podia impedi-la. Eram seis e quinze da manhã, quando desceu as escadas.

Não precisava se esconder muito. Entretanto, sentia medo, pois estava tonta e seu corpo doía tanto que quase não aguentava. Forçou-se a pensar em uma única coisa: precisava salvar Rover.

O cachorrinho gemia ainda e ela teve dificuldades em fazê-lo descer os degraus. Sabia que seria difícil caminhar naquele estado e ainda carregar o cachorro, mas mesmo assim pegou-o no colo.

Quando chegou na entrada da casa, viu, aliviada, que a porta estava aberta, pois uma das empregadas esfregava os degraus que davam para a rua. Olhou para Ofélia, mas não disse nada.

A moça sabia que todos na casa estavam proibidos de lhe dirigir a palavra ou lhe oferecer qualquer coisa, principalmente comida.

Não colocou Rover na coleira. Como ela, ele também se sentia muito fraco para correr. Iria segui-la de perto por causa da grande afeição que sentia por ela.

Vagarosamente, Ofélia atravessou Park Lane e entrou no parque.

Achou que a grama e as árvores rodopiavam à sua volta e percebeu que não conseguiria ir mais longe.

Disse a si mesma que precisava ficar fora das vistas de sua casa.

Imaginou, se alguém a visse conversando com o Conde! Não podia nem pensar o que lhe aconteceria depois.

Forçou-se a caminhar em direção a um local onde as árvores estavam mais húmidas.

Finalmente, quando percebeu que nunca conseguiria chegar ao lugar onde tinha se encontrado com o Conde, no dia anterior, viu-o lá, de pé. Ele estava ali! Esperando por ela!

O alívio foi grande demais. O Conde caminhou em sua direção. Ela sentiu o chão fugir de seus pés de repente e tudo ficou negro.

Começou a cair, foi envolvida por uma nuvem escura e não viu mais nada...

Ofélia estremeceu e sentiu uma intensa dor nas costas. Deu um grito.

–Não se mexa– disse uma voz–, agora, tudo está bem. Logo estará a salvo.

Abriu os olhos e o Conde estava a seu lado, olhando-a, atentamente.

Aos poucos, recuperou a consciência e conseguiu perguntar:

—Onde... estou? O que... aconteceu?

—Está tudo bem. Quero que beba isso.

Enquanto falava, despejou o líquido de uma garrafa dentro de uma xícara e levou-a aos lábios dela.

Provou e viu que se tratava de uma sopa quente. Tomou tudo, com um pouco de dificuldade.

—Beba o mais que puder. Fará com que se sinta mais forte.

Queria obedecer, sentia que aquele homem podia ajudá-la. Percebeu que estavam andando em uma carruagem

Ao vê-la terminar, ele disse.

—A sopa está ficando fria, vou servi-la de mais uma xícara.

—Eu... acho que... não quero... mais.

—Bobagem, você perdeu muitas refeições. Precisa se recuperar Rover comeu tanto que parecia um terrível guloso.

—Rover? Como... está ele?

—Está bem, aqui aos seus pês Ofélia tentou olhar para o chão, mas era impossível.

Agora, percebia nitidamente que estavam numa carruagem muito luxuosa. Recostava-se em várias almofadas de cetim e tinha as pernas cobertas por um cobertor.

Do lado oposto, em um pequeno banco, viu seu chapéu e percebeu que o Conde o havia tirado, enquanto estava inconsciente.

–Desculpe… por ter… desmaiado.

–Não foi nenhuma surpresa, depois de tudo que passou.

Estava ocupado, despejando mais sopa na xícara e colocando a garrafa em uma cesta de vime, quando a xícara estava pela metade, virou-se:

–Já está se sentindo forte o suficiente para se alimentar sozinha?

–Claro… e obrigada… por estar sendo tão… gentil comigo.

Ele não lhe disse, mas por um momento, quando ela desmaiara no parque, tinha pensado que estivesse morta. Tomara-a nos braços, e a levara para o banco que haviam ocupado no dia anterior.

A palidez do rosto dela, as linhas escuras sob seus olhos e a pele sem brilho amedrontaram-no. Suas roupas pareciam grandes demais, folgadas, como se fossem de uma pessoa muito maior. Tomou-lhe o pulso e viu que estava fraquinho, mas o coração ainda batia. Pegou-a, cuidadosamente, nos braços e levou-a por entre as árvores, até onde a carruagem estava escondida, esperando Rover, seguiu-os, mancando.

O Conde colocou Ofélia dentro da carruagem, e depositou Rover sobre uma almofada, debaixo do banco onde ela estava.

Jason, o cocheiro, perguntou:

–Senhor, acha que uma das pernas dele está quebrada?

–Acho que sim. Henderson cuidará dele, quando chegarmos ao Castelo. Dê algo, imediatamente, para o cachorro comer.

–Ele parece morto de fome, senhor.

–E está.

Logo que a comida foi colocada no chão da carruagem, o animalzinho começou a devorá-la. Jason fechou a porta e pulou para o banco de cocheiro, tomando as rédeas.

A carruagem do Conde tinha sido feita especialmente para viagens longas. Era muito melhor do que qualquer outra da cidade e seu construtor se orgulhava muito dela.

Com seis cavalos puxando-a, logo saíram de Londres, numa enorme velocidade, erguendo nuvens de poeira. As instruções do Conde eram para irem ao campo o mais depressa possível. Tinha feito planos cuidadosos na noite anterior. O que estava fazendo lhe havia sido sugerido pela ação de John Rochester, no tempo da Restauração.

Em 1665, ele havia raptado a mulher com quem queria casar e tudo bem debaixo do nariz do avô dela.

A diferença entre aquele rapto e o planejado por Rake, era que a outra havia sido sequestrada da tarde para a noite, quando saía do Palácio de Westminster na carruagem do avô. Um grupo de homens levou-a para uma carruagem de seis cavalos, onde foi recebida por duas mulheres. Aquela carruagem foi seguida pelo raptor.

Um atrevimento daquele tipo podia até levá-lo para a cadeia, mas Rake sabia que era o único jeito de salvar Ofélia. Por isso, decidiu fazer a mesma coisa.

Entretanto, John Rochester havia sequestrado Elizabeth Mallet por motivos egoístas, não apenas porque a amava, mas, também, porque era a herdeira de uma imensa fortuna.

Rake disse a si mesmo que agora a situação era diferente. Estava realizando um rapto por motivos humanitários. Não se interessava por Ofélia como mulher, mas como uma garota, pouco mais do que uma criança, que estava sendo maltratada quase a ponto de morrer. Enquanto ela bebia tranquilamente a sopa, ele observou a delicadeza de suas mãos, o rosto bem modelado, e pensou que, se fosse condenado à prisão por causa daquele rapto, mesmo assim ainda achava que valia a pena.

Mas não tinha a menor intenção de dizer a alguém o que havia feito. Ninguém saberia que estava envolvido no desaparecimento da filha de *Lord* Langstone.

Achou que haveria uma grande confusão, mas só quando o pai dela voltasse da viagem. No momento, Circe ficaria até contente em se livrar de Ofélia.

Não havia razão alguma para que ela o ligasse ao desaparecimento da enteada, a não ser que a magia e seus poderes de clarividência lhe mostrassem o que acontecera.

Na noite anterior, ele lhe escrevera uma carta, para ser entregue naquela manhã.

"Por razões que fogem ao meu controle, e acho que a senhora saberá quais são, não poderei estar em casa esta noite. Não posso dizer o quanto lamento que o nosso planejado jantar a dois não possa se realizar. Posso ter o prazer de visitá-la novamente, na primeira oportunidade, apresentar minhas

desculpas e planejar uma outra ocasião para que visite minha casa?"

Terminou com uma porção de cumprimentos. Sabia que Circe iria apreciá-los. Ordenou ao Major Musgrove que a carta fosse entregue por volta do meio-dia.

Tinha certeza de que Circe o imaginaria sendo requisitado pelo Príncipe de Gales. Como todas as mulheres de Londres, ela sabia que Sua Alteza não gostava que recusassem seus convites e queria sempre seus amigos em seus jantares, fazendo convites de última hora.

Deu instruções completas para que o Major não deixasse ninguém suspeitar que havia saído da cidade e pediu ao cocheiro de mais confiança, Jason, para acompanhá-lo ao parque naquela manhã e esperasse perto de determinado portão.

Atravessou Park Lane e sentou-se no mesmo lugar em que Ofélia tinha estado no dia anterior.

Ficou imaginando o que faria, se ela não aparecesse.

Pelo que Emily havia dito, talvez Ofélia não viesse, pois estava machucada demais e talvez nem pudesse andar, mas ela tinha vindo, e o Conde, disse a si mesmo que aquilo era o mais importante de tudo.

Tomou a xícara vazia das mãos dela:

—Tenho mais comida para você, mas acho que ficou em jejum tanto tempo, que precisa esperar um pouquinho.

—Estava... delicioso! E agora, acho que devo voltar para casa.

—Não vai voltar.

Durante um minuto, pareceu não entender direito o significado da frase. Então, virou-se para ele e disse, confusa, os olhos arregalados:

–Disse que... eu.... não vou... voltar para casa?

–Estou levando você embora. Ninguém pode esperar que aguente por mais tempo o tipo de tratamento que aguentou até agora.

–Mas... para onde? E o que a minha madrasta vai dizer?

–Ela não vai dizer nada que possamos ouvir, porque não tem nenhuma ideia de onde você está.

–Mas ela vai ficar preocupada, sem saber o que aconteceu comigo!

–Espero que fique. Mas acho que seu pai é que ficará mais preocupado, não sua madrasta.

Ofélia pensou por um momento:

–Talvez ela não diga nada a ele.

O Conde olhou-a, incrédulo.

–Está sugerindo que você pode sumir, sem que seu pai fique sabendo?

–Ele sempre acredita em tudo que minha madrasta lhe diz– nmurmurou.

Ficou chocado, mas ao mesmo tempo sabia que seria muito próprio de Circe inventar qualquer mentira, dizer que a enteada estava passando uns tempos na casa de amigos ou parentes. Assim, não teria de dar ao marido a notícia de que a moça havia desaparecido.

–Alguém viu você esta manhã, quando saiu de casa?

—Só uma empregada. Estava limpando os degraus da entrada. Ela não falou comigo, porque está proibida de fazê-lo.

—Quanto tempo levará para que alguém comece a se preocupar com a sua ausência?

Sorriu para ele.

—Ninguém vai notar tão cedo, acho. A não ser Robinson, o chefe dos empregados. Ele, com certeza, vai mandar alguém limpar e arrumar o meu quarto, já que Emily foi despedida.

Ela deu um grito, de repente:

—Emily! Você a viu?

—Ela está bem. Foi me procurar, como você lhe disse para fazer. Acho que dentro de uma hora estará partindo para o campo ao encontro do pai. Futuramente, trabalhará no meu Castelo .

Impulsivamente, Ofélia estendeu a mão para ele, dizendo

—Obrigada, muito obrigada. Sabia que ia ajudá-la, mas estava com tanto medo... sabia o que ela estava prestes a dizer. Segurou-lhe a mão:

—Ela chegou à minha casa sem maiores problemas. Esperou até que eu voltasse e me contou tudo que havia acontecido. Entreguei-a aos cuidados da governanta.

Viu as lágrimas aflorarem aos olhos de Ofélia.

—Como lhe posso... agradecer?

—Esquecendo tudo que passou, e ficando novamente forte e bonita, como da primeira vez em que a vi...

Os olhos dela demonstraram surpresa com o elogio. Ele não queria embaraçá-la e disse:

–Feche os olhos e tente dormir. Quando acordar, lhe direi tudo que quiser saber…

–Estou com medo de já estar sonhando. Está me levando para um lugar seguro?

–Seguro. Muito seguro.

Sentiu que os dedos dela apertavam os seus e disse como se falasse com uma criança:

–Faça o que eu mandei e feche os olhos. Então, terá uma surpresa, ao ver para onde estamos indo, Ofélia obedeceu. Os cílios dela eram escuros, em contraste com a pele clara. Sorria.

Ainda segurando a mão dela, enquanto os cavalos galopavam pela estrada, o Conde ficou observando-a.

CAPÍTULO V

O Conde voltou do Castelo e parou no *bungalow* de Nanny.

Entregou as rédeas a Jason e desceu da carruagem. Nanny foi encontrá-lo na entrada.

—Como está ela?

—Coloquei-a na cama. Quem teria tratado tão mal essa jovem?– Nanny estava chocada.

—Está muito mal?– o Conde perguntou.

—Muito mal, senhor. Suas costas estão em carne viva. Está sofrendo demais, mas é jovem e quando eu a tiver alimentado bem, reagirá.

O Conde sorriu.

—Sei o que quer dizer com "alimentá-la bem", Nanny. Acho que logo teremos que comprar para ela algumas roupas de tamanho grande.

—Era sobre isso que queria falar, senhor.

—Também pensei no assunto. Vou-lhe mandar de Londres, tudo de que a Srta. Ofélia precisa.

—O vestido dela está lavado e dobrado. Pode levá-lo, para ter uma ideia do tamanho.

–Obrigado, Nanny.

Enquanto conversavam, os dois tinham entrado na sala. O Conde sentou-se no sofá.

–Queria sugerir-lhe, Nanny, que traga a filha de Jem Bullet, o homem que se mudou para um daqueles novos *bungalows*, para ajudá-la a cuidar de Ofélia.

–Já encontrei Jem Bullet, senhor. Lembro dele, dos velhos tempos. É outro que precisa ser bem alimentado.

–Tenho certeza de que conseguirá dar um jeito nele também– o Conde disse, sorrindo–, solicitei ao chefe de cozinha o caldo de carne e a geléia de mocotó que pediu. O novo administrador cuidará para que não falte nada a vocês. Pode pedir na cozinha tudo que quiser.

Nanny sorriu e ele se lembrou dos velhos tempos, quando se comportava bem e ela ficava satisfeita.

A velha falou, de repente:

–Agora, senhor, acho que precisa falar com a Srta. Ofélia, antes de partir para Londres. Está preocupada com algo, mas não me quis dizer o que era.

–Naturalmente.

Levantou-se e subiu a escada estreita, por onde há uma hora havia passado, carregando Ofélia.

Abriu a porta do quarto, que antes tinha sido ocupado pela mãe de Nanny, e viu a moça deitada, rodeada por uma porção de travesseiros imaculadamente limpos. A pele estava tão branca como as fronhas.

Ofélia sorriu e ele atravessou o quarto, sentindo o perfume de lavanda. Pela pequena janela, chegava o som de passarinhos cantando lá fora.

Havia uma cadeira próxima à cama. Sentou-se e perguntou:

—Como está se sentindo?

—Estou muito agradecida por ter me trazido para cá, mas não quero causar incômodo a ninguém.

—Não será nada disso e lhe asseguro que a minha velha Nanny ficará muito contente em ter alguém para cuidar. Ela já estava se aborrecendo, depois que se aposentou.

Ofélia não falou.

—Não precisa se preocupar com Nanny. Vou dizer a Jem Bullet para mandar Emily aqui, ajudar, enquanto tivermos que cuidar de você.

Os olhos dela se iluminaram.

—Será ótimo ter Emily por perto. Nanny disse que devo ficar de cama. Isso quer dizer que ela terá que subir e descer as escadas muitas vezes.

—Que tal parar de se preocupar com as outras pessoas e pensar um pouco em si mesma?

—O que aconteceu com Rover?

—Levei-o para o meu canil. O chefe, um homem chamado Henderson, que trabalhava há muitos anos no Castelo, me disse que a esposa cuidará dele.

Sorriu e continuou:

—Ela tem oito filhos, mas disse que cuidará de Rover como se fosse uma das suas crianças.

Ofélia sorriu:

—Como alguém pode ser tão bom como você está sendo? Não quero que se envolva em nenhum problema por minha causa.

Enquanto falava, o Conde percebeu o que a perturbava.

–Problemas?– perguntou, alegremente.

–Eu sei o que as pessoas diriam, se soubessem que me trouxe para cá.

–As pessoas não vão dizer nada– ele falou, com firmeza–, porque ninguém sabe onde você está. É um vilarejo muito calmo e sei que pode confiar em Nanny. Não haverá boatos entre os que moram nos *bungalows* que me pertencem.

Os olhos de Ofélia ainda estavam ansiosos. O Conde se inclinou e segurou sua mão.

–Quero que pense apenas em recuperar a saúde. Depois, discutiremos seu futuro, e encontraremos soluções para todos os seus problemas.

–Você é muito, muito gentil– disse em voz baixa, com algumas lágrimas aparecendo nos olhos.

–Vou para Londres e não sei se poderei voltar a vê-la durante alguns dias. Se precisar de mim ou se acontecer algo que a aborreça Nanny saberá como entrar em contato comigo…

–Obrigada… você… não tenho palavras para lhe agradecer… mas saiba que Rover e eu lhe seremos eternamente gratos.

–Logo que Rover melhorar, virá aqui, lhe mostrar como está se sentindo– disse, sorrindo.

Ofélia deitou-se, ouvindo os passos dele, descendo a escada, e sua voz, dirigindo-se a Nanny. Não ouviu o que disseram, mas sentiu-se protegida. Como podia imaginar naquela manhã, quando tinha sido quase impossível sair de casa, que o Conde se encarregaria de sua vida, de modo a afastar o terror que há tanto tempo dominava seus dias.

Agora já não sentia mais medo. Lá em baixo, Rake deu a Nanny algumas instruções, pegou o vestido de Ofélia, embrulhando em papel marrom, e dirigiu-se à carruagem. Os cavalos passaram ao lado da casa de Jem Bullet.

Viu o homem trabalhando no jardim e percebeu que ali estava mais alguém a quem havia tornado feliz.

—A "*serpente de satã*"! Que ótimo nome para Circe. Por que não pensei nele?

—Não é muito original, mas acho que é exatamente com isso que ela se parece.

—Agora que mencionou, percebo a semelhança. Oh, Rake, mal posso esperar para contar às minhas amigas o apelido que você deu a ela.

Fez uma pausa e ficou pensativa:

—A maioria das pessoas a odeia. Eu só queria que um destes bons caricaturistas a retratasse como uma serpente feroz, encantando homens inofensivos, como o meu querido irmão...

O Conde, divertiu-se com a ideia. Muito mais tarde, em *White*, um T-Club, do qual era sócio, seus amigos o procuraram para saber se já conhecia o último apelido de Circe Langstone! Tinha certeza de que o riso e o sarcasmo, eram armas poderosas, já usadas de modo perfeito por seus predecessores.

Lembrou-se de frases de John Rochester, sobre a Duquesa de Cleveland, que podiam ser aplicadas a Circe Langstone; "*Quando ela se descontrola, demonstra seu apetite sem fim. É uma gulosa em seu vício de mau gosto e que precisa sempre exercitar...*"

Naturalmente, aquilo havia sido escrito para uma Duquesa imoral que estava ficando velha. Era aterrorizante que Circe, uma mulher jovem, com menos de vinte e oito ou trinta anos, ninguém sabia ao certo, se enquadrasse na mesma situação.

Teria ainda pela frente muito tempo para continuar atormentando as outras mulheres, roubando-lhes os maridos ou atacando garotinhas indefesas como Ofélia.

Mesmo agora, o Conde quase não conseguia acreditar que em uma sociedade civilizada, existisse uma mulher como Circe e que pudesse espancar alguém tão frágil como a enteada, quase matando-a. Se continuasse administrando aquele tipo de castigo, Ofélia não teria sobrevivido.

Quando entregou Rover a Henderson, o chefe do seu canil, este lhe dissera:

—Quem trata assim um animalzinho, senhor, merece morrer

Era exatamente isso que Circe Langstone merecia, pensou.

Como odiava todos que praticavam crueldades, não parava de procurar um meio de fazer com que ela pagasse bem caro por todas as maldades que havia feito.

Não ficou surpreso ao encontrar a resposta da sua carta. Era um bilhete curto, cheio de insinuações. Não deixava dúvidas de que Circe esperava, impaciente, pelo convite que ele havia prometido, depois de cancelar o jantar a dois.

O Conde sentiu-se tentado a fazê-la se apaixonar perdidamente e como já havia feito com tantas outras mulheres, abandoná-la em seguida, deixando-a sofrer, mas sabia como Circe era uma pessoa dura. Além do mais, não queria nenhum contato com uma mulher que detestava tanto.

Lord Langstone havia regressado a Londres. Tentou imaginar a explicação que ela lhe teria dado para a ausência da filha. Qualquer que fosse, devia ter sido muito boa. Ele tinha visto George sentado no *White* e não parecia nem um pouco preocupado.

Passou uma semana e o Conde achou que não causaria nenhuma suspeita, se fosse visitar sua fazenda.

Decidiu partir na sexta-feira, quando, naquela estação, um grande número de pessoas passava o fim de semana nas fazendas, próximas a Londres. Partiu na carruagem, levando Jason.

Ao chegar perto do *bungalow* de Nanny, sentiu uma animação que há muito não sentia.

Disse a si mesmo que era porque ia averiguar o resultado de seu trabalho, mas, sem perceber, estava ansioso demais, quando desceu da carruagem e entrou no jardim da casinha.

Bateu na porta, que foi aberta por Emily.

—Oh, senhor— fez uma reverência, sorrindo.

Já ia perguntar pela Srta. Ofélia, quando Nanny entrou na sala, o rosto iluminado por um sorriso.

—Não podia ter vindo em um dia melhor, *Lord* Gerald. A Srta. Ofélia levantou-se da cama hoje, pela primeira vez, e desceu. Poderá tomar uma xícara de chá com ela.

—Terei muito prazer— respondeu, dirigindo-se à sala.

Ofélia estava sentada numa poltrona, perto da mesa, onde havia sido preparado para o chá. Viu a profusão de doces e lembrou-se de sua infância.

Quando viu quem chegava, deu um gritinho de alegria.

–Que ótimo vê-lo! Estou tão contente de ter descido! Já não sou uma inválida.

O Conde, sentou-se a seu lado, enquanto a porta se fechava, e Nanny, discretamente, deixava os dois a sós.

–Parece ter melhorado muito!

Estava completamente diferente daquela criaturinha magra e pálida que havia carregado para a carruagem há uma semana.

Suas faces estavam coloridas e, sem dúvida, tinha engordado um pouquinho. O que causava uma grande diferença, o Conde pensou, era a alegria que transparecia em seu olhar.

–Estou tão contente que tenha vindo, queria tanto lhe agradecer, mas Nanny achou que não seria prudente escrever uma carta.

–Não quero que me agradeça.

–Oh, mas preciso fazer isso!– Ofélia insistiu–, sim... agradecer aqueles vestidos lindos que mandou e... outras coisas... também.

Parecia um pouco embaraçada e o Conde percebeu que estava se referindo às camisolas de rendas que havia encomendado em Bond Street, uma loja da qual era cliente há muito tempo.

Suas amantes oficiais sempre esperavam que ele lhes comprasse as coisas que admiravam. As mulheres mais educadas, como *Lady* Harriet, ficavam deliciadas em aceitar vestidos e camisolas, que não podiam comprar pois eram caros demais.

Tinham-se tornado muito cínicas a respeito do modo como conseguiam o pagamento pelos seus favores. O mesmo modo usado pelas prostitutas, apenas um pouquinho mais refinado.

Estes fingimentos o irritavam.

Na semana passada, Harriet havia aparecido usando uma capa caríssima, de veludo, enfeitada com peles, para ir com ele a Covent Garden.

–Gosta?– perguntou, rodopiando para que ele pudesse vê-la de todos os ângulos.

–Do quê?

–Da minha capa!

–Muito bonita.

–Achei que gostaria, Rake, querido. Só que não é minha. Eu apenas a pedi emprestada. É cara demais para mim. Preciso devolver amanhã.

Tinha sido fácil dizer:

–Avise para mandarem a conta para mim.

E ela ficara carinhosa a noite toda.

O Conde desviou os olhos do rosto de Ofélia e viu que estava com um vestido muito bonito, de musselina branca, estampada com flores coloridas.

Fazia com que parecesse muito jovem, a personificação da primavera. Combinava com o delicado vaso de narcisos, no centro da mesa.

–Nunca pensei... nunca tive vestidos tão bonitos. Como... como poderei reembolsado?

–É um presente.

Olhou-o, ligeiramente envergonhada:

—Sabe que não é... correto... um *gentleman* dar a uma moça coisas... como vestidos.

Estava certa, pensou, mas era uma regra que preocupava poucas mulheres que conhecia.

—Acho que isso só se aplica a certas pessoas muito formais, Ofélia. Não se aplica a nós. Na verdade, fomos sempre pouco convencionais, desde que nos encontramos.

—É verdade, mas me sinto-me... envergonhada... por estar lhe custando tanto dinheiro.

—Posso pagar!— o Conde respondeu, alegremente—, e você não poderia ficar aqui, com Nanny, sem ter nada para vestir, a não ser as camisolas dela. Tenho certeza de que são grossas demais e muito puritanas.

Ofélia riu:

—São iguais às da minha babá, muito fechadas, imensas como uma barraca.

Os dois riram e o Conde achou que o riso de Ofélia era tudo o que desejava ouvir, apesar de não ter sabido disso antes.

—Então, você está descendo hoje, pela primeira vez?— comentou, olhando a mesa coberta de guloseimas. Havia os mais variados bolinhos, doces de todos os tipos e uma por cão de geléias.

Ofélia cochichou:

—Espero que me ajude a comer tudo isso. Nanny ficará magoada se eu deixar sobras, mas acho impossível comer metade de todas as delícias que ela prepara para mim.

—Precisa comer tudo. Sofri o mesmo, quando criança, e sempre obedeci!

—Não acho que seja verdade. Nanny me disse que era um menino muito peralta, teimoso demais.

—Bobagem, fui um modelo de criança, nunca me igualaram.

Os olhos dele brilharam, brincalhões, e Ofélia disse:

—Nanny adora você. Fará tudo para agradá-lo, mas ao mesmo tempo, não aprova muitas coisas que você... faz...

—Só espero que ela não tenha lhe contado quais são estas coisas.

—Gosto de ouvi-la falar de você. Faz com que a vida das outras pessoas, principalmente a minha, pareça completamente sem graça.

—Esta é a última palavra que eu escolheria para descrever a sua vida— o Conde disse, sorrindo—, preferia classificá-la como dramática, e não, sem graça.

Viu que Ofélia tinha falado sem pensar. Agora que lembrava do modo como a madrasta a tratava, enrubesceu. Como se recordações voltassem à sua mente, perguntou, em voz baixa:

—Ouviu... alguma coisa?

—Nada. Vi seu pai no White, mas não falei com ele. Não vi mais sua madrasta.

—Ela deve estar furiosa!

O medo tinha voltado à voz de Ofélia. O Conde disse, rapidamente:

—Mesmo que esteja, não precisa se perturbar. Esqueça-a e pense que vai começar uma vida nova.

—Uma vida muito diferente! Todos aqui são tão maravilhosos. Parece que estou novamente em casa, com mamãe.

Havia algo de melancólico no modo como falou. O Conde percebeu o quanto ela, sentia a falta da mãe.

—Precisa fazer o que lhe disse, quando a trouxe para cá; ficar boa e não se preocupar com o futuro.

—Precisamos conversar sobre isso, qualquer hora dessas.

—Naturalmente, mas não agora. Não nesta ocasião tão especial, a primeira vez que vem aqui embaixo.

Olhou para a mesa outra vez e disse:

—Gosto da ideia de comer uma porção destes doces. Acho melhor chamar Nanny e pedir que esconda tudo.

—Antes que Nanny volte, há algo que quero falar com você…

A voz dela tinha um tom de preocupação.

—O que é?

Ela ficou em silêncio durante uns momentos.

—Acha que a magia, a magia negra… me pode atingir por mais que eu me esconda dela?

O Conde ficou imóvel.

—Diga-me o que está acontecendo.

—Emily me disse que minha madrasta pratica magia negra. Achei difícil de acreditar, mas agora estão acontecendo coisas… que me dão medo.

—Que tipo de coisas?

—Algumas vezes à noite, sinto… vejo seu o rosto declaradamente… e não é só na minha imaginação, quando abro os olhos, ela está lá… na escuridão!

A voz dela tinhja ficado trêmula. O Conde sentiu-se apreensivo.

—Tenho a certeza de qué só da sua imaginação…

–É isso que digo a mim mesma mas ao mesmo tempo, ela... os olhos dela parecem estar me atraindo... chamando...

Fez um gesto de desespero.

–É difícil explicar, mas, quando acontece, é muito real.

O Conde lembrou-se de quando estivera na Índia, dos faquires e outras pessoas, com quem conversara. Todos acreditavam piamente naquele tipo de encantamento, atração das pessoas á distância. Os nativos também sabiam, sempre com antecedência, tudo que ia acontecer.

Sentiu-se confuso e intrigado com aquilo. Seria um tipo de clarividência dela ou a transmissão de pensamento de uma pessoa para outra? Se Circe praticava magia negra, talvez pudesse entrar em contato com a enteada, por mais que a garota se escondesse.

Não comentou suas ideias com Ofélia, porque achou que a deixaria ainda mais preocupada. Em vez disso, perguntou:

–O que você faz, quando vê o rosto da sua madrasta?

–Eu rezo, rezo muito. Mas, às vezes, acho que não é suficiente... sinto...

Fez uma pausa e o Conde falou:

–Continue, quero ouvir.

–Vai achar que sou boba, mas sinto que ela se aproxima como algo horrível, diabólico.

Enquanto falava, sem perceber, segurou as mãos do Conde.

–Por favor, ajude-me. Estou com tanto medo!

Rake pensou que ela tinha toda razão para sentir medo. Segurou-lhe os dedos trêmulos.

–Vou fazer uma coisa, vou buscar ao Castelo, um retrato que me foi dado por alguém que queria expressar sua gratidão.

–Como... eu?

–Exatamente! Como você, ela acha que eu lhe salvei a vida.

–Foi uma das pessoas que salvou da Revolução Francesa?

–Quem lhe falou sobre isso?

–Nanny contou seus feitos incríveis, ajudando os fugitivos, sustentando-os, quando chegavam a Londres sem nenhum dinheiro.

Enquanto falava, olhava para ele, com admiração.

–Tive muita sorte, não apenas em salvar a vida de franceses, como também a minha própria.

–E se tivesse sido morto, então, não poderia me ajudar.

–Exatamente! Mas aqui estou e pretendo ajudá-la, Ofélia. Precisa acreditar em mim. Vou-lhe trazer o retrato que a protegerá contra sua madrasta, pois o poder do bem é muito mais forte do que o do mal.

–Oh, por favor, pode me trazer o retrato ainda hoje?

–Vou procurá-lo, logo que tiver tomado o chá. Não podemos decepcionar Nanny.

–Claro que não.

O Conde levantou-se e foi chamar a velha babá.

Durante o chá, enquanto todos conversavam e riam, os pensamentos dele estavam em Circe Langstone.

Pela primeira vez, levava a sério o interesse dela por magia negra.

115

No começo, achara que era apenas uma mulher cruel, extremamente desagradável e com impulsos sádicos.

Agora, depois do que Ofélia lhe havia dito, começava a acreditar que o problema era mais sério.

Depois do que vira na Índia, não desrespeitava a magia negra, como muitos de seus contemporâneos faziam.

Tinha visto os faquires realizando atos sobrenaturais que não podiam ser atribuídos à hipnose nem à credulidade de quem os assistia.

Havia-se interessado muito pelos indianos, ao contrário da maioria dos ingleses, e viu que várias portas se abriam para ele, enquanto permaneciam fechadas para outros homens.

Ao voltar à Inglaterra, não se interessou mais pelo ocultismo.

Agora, tudo que tinha lido e descoberto lhe voltava à memória. Se Circe estivesse mesmo praticando magia negra, sabia que teria muito mais poderes que uma pessoa comum.

Teria sido fácil rir e atribuir tudo às fantasias de uma garota doente, que acreditava no poder da madrasta em aterrorizá-la, a ponto de achar que se materializava na escuridão do quarto.

Quando chegou ao Castelo, foi primeiro ao canil, para saber como Rover estava passando.

Como Ofélia, também o cãozinho parecia diferente. Sua perna que, felizmente, não havia sido quebrada, estava completamente curada. Engordara e não parecia mais nervoso. Quando o Conde disse à Sra. Henderson que Rover já podia ficar com Ofélia, ela lhe pediu para deixá-lo lá mais uma semana.

Rake concordou, bem-humorado. Depois, foi ao Castelo, procurar o retrato que tinha prometido à Ofélia.

Tinha sido presenteado com ele pela Marquesa de Vermont, depois que a salvara, junto com o marido e os filhos, dos horrores da Revolução Francesa. Ninguém nunca chegou a suspeitar de que seus nomes estivessem na lista dos que seriam guilhotinados.

O Conde lembrou-se da terrível viagem de volta à Inglaterra, num pequeno barco pesqueiro.

Caíra uma tempestade e todos temeram que, no último momento, não conseguissem chegar.

Finalmente, dois dias depois de estarem em Londres, *madame* de Vermont o havia procurado, oferecendo o retrato.

–Há cem anos ele pertence a minha família. É uma medalha com o retrato de Santa Verônica e supõe-se que contenha um pedaço do lenço com que ela enxugou a testa de Cristo a caminho da crucificação.

Sorriu de modo encantador e continuou:

–Talvez isso nem seja verdade, mas ao mesmo tempo, a fé que tantos depositaram no retrato fez com que ele fosse reverenciado durante anos, na capela do Castelo de meu avô. Há um grande número de milagres atribuídos a ele.

–Não posso aceitar, Marquesa– Rake respondera.

–É a coisa mais preciosa que tenho, além do meu marido e dos meus filhos. Você me deu a vida deles de presente. Por isso, peço que aceite a medalha, pois é um agradecimento de todo coração.

O Conde sentiu que não podia recusar. Os Vermont eram seus amigos e resolveu que, um dia, devolveria a medalha, com o pequenino retrato, a um dos filhos da Marquesa.

Agora, quando pegava a miniatura montada em uma moldura de ouro, olhou o retrato de Santa Verônica, pintado por um artista dedicado, assim como o pedacinho de tecido que a santa segurava em suas mãos pequeninas.

Isto vai ajudar Ofélia, pensou, surpreso, ao ver que acreditava firmemente no que acabara de pensar.

Sorriu, divertido. Desde que Ofélia tinha entrado em sua vida, algumas mudanças estavam acontecendo.

Há um mês teria dado boas gargalhadas da ideia de estar procurando um santinho para combater as forças do mal. Entretanto, era exatamente o que fazia no momento, e com uma fé sincera que nem desconfiava possuir.

Sentiu-se pouco à vontade com os próprios pensamentos. Embrulhou a medalha num lenço e colocou-o no bolso.

Depois, foi conversar com o administrador e tomou conhecimento de várias alterações na fazenda

–Temo, senhor– disse o Sr. Vaughan–, que haja muitas discrepâncias nas contas. Todos os dias descubro novas maneiras pelas quais Aslett tirava ilegalmente o dinheiro.

–Cuide primeiro das pessoas, para que não sofram. Os trabalhadores estão mais contentes agora?

–Sim, muito contentes, senhor, graças à sua generosidade, mas há certas reformas que precisamos fazer na fazenda, que gostaria de discutir.

—Vou tentar vir aqui, novamente, na semana que vem, e conversaremos sobre tudo.

—Obrigado, senhor.

O Sr. Vaughan falou como se o patrão lhe tivesse dado um presente.

O Conde gostava do entusiasmo dele. Era jovem, um pouco inexperiente, mas cheio de ânimo. Tinha sido recomendado pelo Major Musgrove. Era mais um soldado demitido pelo governo ingrato.

O Conde dirigiu-se ao vilarejo, mas quando ia entrar no *bungalow* de Nanny, esta se aproximou:

—Coloquei a Srta. Ofélia na cama, senhor. Ela já se movimentou muito hoje. Não quis admitir, mas acho que queria esperá-lo.

—Gostaria que me permitisse vê-la, Nanny— o Conde piscou para a antiga babá.

—Sabe muito bem, senhor, que a senhora sua mãe não aprovaria se fosse lá em cima.

—A senhora minha mãe, felizmente, não está mais aqui, para nos repreender… e você pode fechar os olhos ao meu comportamento tão anticonvencional.

—É um comportamento que vem se repetindo muito, senhor.

—E vai continuar— ele disse, sorrindo—, por falar nisso, fez um ótimo trabalho com a Srta. Ofélia. Quase não acreditei que se tratava da mesma moça.

—Ela melhorou muito, é uma menina adorável, doce e meiga, tem sido um prazer cuidar dela. Quem quer que a tivesse maltratado antes, merece a morte.

–Acertou!

Sabia que Emily havia contado em detalhes a Nanny toda a história.

Assim, não precisava fingir que não sabia quem infringira maus-tratos à menina.

Entrou no quarto e Ofélia sorriu, feliz.

–Estou tão contente que tenha vindo me ver! Nanny insistiu em me mandar para cima e fiquei com medo de que partisse para Londres, sem se despedir de mim.

–Prometi lhe trazer algo, não foi? Já era tempo de saber que não quebro minhas promessas.

Ela sorriu, enquanto ele tirava o lenço do bolso.

Ofélia olhou o retrato da medalha, por alguns momentos:

–Acho que é Santa Verônica.

–Exatamente. Ela está segurando algo que se acredita ser um pedacinho do lenço com que limpou o rosto de Cristo.

Ofélia olhou a medalha e ergueu os olhos para o Conde.

–Sinto que há... santidade neste objeto. Como pode emprestá-lo a mim?

–Manterá você em segurança– ele respondeu, com tanta certeza, que se sentiu surpreso–, coloque-o bem perto da cama e, quando sentir medo das aparições, segure-o e reze, como já me disse que fazia.

–Sim, farei isso. E, talvez...

Hesitou.

–Talvez?

—Talvez, como você é tão forte e tão gentil, será que podia rezar por mim?

O Conde olhou-a, atônito.

Já lhe tinham pedido muitas coisas, mas era a primeira vez, em toda sua vida, que uma mulher bonita lhe pedia que rezasse por ela.

—Duvido que minhas preces sejam ouvidas— respondeu, depois de uma pausa.

—Serão, porque você odeia a crueldade e é muito, muito valente.

—Acho que tem muitas ilusões a meu respeito. Não deve acreditar em tudo que Nanny lhe diz.

—Ela o adora e não consigo imaginar um homem com uma história mais fascinante do que a sua. Gosto de ouvir as histórias dela. São como as dos heróis, que eu ouvia, quando estava na escola.

O Conde juntou as mãos, fingindo terror.

—Agora, está me deixando com medo. Vou voltar direto para Londres, porque me recuso a ser transformado em herói, santo ou qualquer coisa deste tipo. Quero ser exatamente o que sou.

E o que você é?

—Conhece o meu apelido: Rake, o rebelde. Um cínico. Aqueles que me ouvem falando na *Câmara dos Lords,* acham que sou também um satírico.

—Parece muito interessante, mas esta é só uma parte do seu caráter. Deve saber bem disso.

—Está tentando me glorificar novamente. Vou partir, Ofélia, e por favor, continue fazendo exatamente o que Nanny mandar. Ficará ainda melhor do que está agora.

Ela lhe estendeu a mão. Levou-a aos lábios e sentiu os dedinhos apertarem os seus, corno se não conseguissem deixá-lo partir.

—Voltará... logo?— perguntou, esperançosa.

—Logo mesmo.

Ficou sentada na cama, segurando o retrato de Santa Verônica e sorrindo.

Ao voltar para Londres, pensou em Circe Langstone e como poderia interferir nas práticas de magia negra daquela mulher.

Tinha duvidado da história de Emily, sobre o bebê que fora levado para a casa em Limbrick Lane, de onde desaparecera.

Agora, precisava admitir, havia probabilidades de que fosse verdade.

Parecia incrível que, já tão longe da Idade Média, existisse um templo de adoração ao diabo, ali, em um subúrbio de Londres.

A história que Jim contou a Emily parecia plausível demais para ser ignorada. Um padre sem batina, galos, cabras entrando na casa e desaparecendo para sempre, um bebê e agora Ofélia, falando da materialização do rosto de Circe e seus olhos que pareciam atraí-la.

Era tudo muito verossímil e o Conde sentiu que não podia rir daquilo. Não era produto da imaginação dela.

Até os vizinhos da casa treze de Limbrick Lane sentiam medo. Será que não ficavam curiosos em saber por que alguém como *Lady* Langstone frequentava um lugar como aquele? Não apenas uma vez, mas continuamente?

Havia uma dúzia de cartomantes da moda, que eram levadas às casas das damas da nobreza, recebiam algum dinheiro, uma refeição e depois iam embora.

Era muito estranho que Circe fosse a um lugar como Limbrick Lane.

Significava que as outras histórias, sobre sacrifícios de animais, poderiam ser verdadeiras A questão era; o que fazer?

Claro que a magia negra estava proibida por lei, qualquer caso envolvendo seus praticantes traria uma publicidade considerável, envolvendo *Lord* Langstone e Ofélia, de modo negativo.

Quanto mais pensava sobre o assunto, mais difícil ficava descobrir um modo de impedir que Circe Langstone continuasse amedrontando a enteada, através de seus rituais e transmissões de pensamento.

Imaginou se seria bom enfrentá-la diretamente, dizendo que sabia muito mais do que ela desejaria que soubesse. Mas isso seria revelar que estava envolvido no desaparecimento de Ofélia e poderia prejudicar sua reputação.

Ninguém, na alta sociedade, acreditaria que ele havia praticado aquele sequestro motivado apenas por piedade. Teriam quase certeza de que a moça era sua amante e ela seria afastada imediatamente de todos, não recebendo convites para festas ou visitas.

«Que posso fazer?» pensou. Mais uma vez, achou que se encontrava num beco sem saída.

Então, teve uma ideia que a princípio pareceu ousada demais. Entretanto, a ideia era muito boa. Lembrou-se de que John Rochester tinha se disfarçado muitas vezes de porteiro ou mendigo, para se misturar com os bêbados e ladrões e enganar todos os moradores de Burford.

Certa vez, saíra disfarçado de soldador, gritando:

—Soldador! Conserto panelas e latas.

Foi ao mercado e esperou que um montão de panelas, caldeirões e chaleiras se acumulassem à sua volta.

Martelou-os todos, até tomarem os formatos mais estranhos. Não foi reconhecido por ninguém. Os moradores da cidade de Burford contavam pela cidade que, depois daquilo, John Rochester tinha mandado panelas e caldeirões novos a todos os envolvidos em sua brincadeira.

Na época da Revolução, Rake se disfarçara várias vezes, na França, para escapar e ajudar seus amigos.

Havia um quarto, em sua casa de Berkeley Square, onde guardava as roupas e complementos dos disfarces. Só ele tinha a chave daquele aposento. Iria ver, com seus próprios olhos, o que estava acontecendo em Limbrick Lane, na casa numero treze.

Então, poderia ter certeza de que as histórias que lhe tinham contado eram verdadeiras ou se eram boatos exagerados.

Pensou e repensou, mas, ao chegar a Londres, ainda não tinha concluído nada.

O apelido *"serpente de satã"* tinha sido apropriado para Circe Langstone.

Não podia se esquecer de como era perigosa. Lembrou-se de um incidente ocorrido em sua juventude.

Tinha ido caçar com o chefe dos empregados do pai. Encontraram um ninho de ratos nos campos da fazenda.

Mataram um, mas os outros correram para dentro de um cano, no chão.

–Que fazemos agora?– perguntou.

–Vamos forçá-los a sair, com fumaça, menino Gerald.

Enfiaram algumas palhas numa das extremidades do cano e colocaram fogo, Um a um, os ratos apareceram correndo na outra ponta e o Conde matou-os todos.

Seria impossível matar Circe, pensou, enquanto permanecia acordado, na escuridão... mas a ideia dos ratos saindo correndo não saía de sua cabeça.

Apesar de achar que pouca gente acreditaria em todas aquelas histórias sobre poderes sobrenaturais, descobriu-se quase com a certeza de que Ofélia estava sendo vítima de coisas fora do normal.

Se fosse outra mulher que lhe contasse as visões, atribuiria à imaginação, mas, ao contrário de Ofélia, nenhuma outra mulher teria contado aquilo com tanta calma e sem dar nenhum sinal de histeria.

Lembrou-se de uma dama que tinha sido sua amante e fora vítima de ladrões, na estrada. Dramatizou tanto o ocorrido que ele acabou se cansando de tanto ouvi-la repetir seus temores.

Ofélia tinha-se comportado de um modo muito corajoso, com um autocontrole que muitos homens teriam invejado.

«Ela é uma pessoa admirável», pensava, com satisfação.

Estava determinado a fazer com que Circe parasse de atormentar a enteada.

A questão era; como?

CAPÍTULO VI

Voltando a cavalo para casa, o Conde atravessou o parque, mergulhado em pensamentos, Ouviu que o chamavam:

–Rake!

Virou-se e deu com um velho amigo.

–Olá, Henry! Há quanto tempo não o vejo…

–Estive em França– Henry Carlton respondeu–, foi cumprimentar Napoleão Bonaparte.

–Encontrei-o e ele é certamente um gênio. Não preciso de lhe dizer que está, cada vez construindo mais navios e suas fábricas de munições trabalham dia e noite.

–Foi o que me disseram.

–Bem, espero que grite bem alto contra isso, quando falar com aqueles Ministros surdos da Câmara… e preciso lhe contar mais uma coisa, Rake; Napoleão pretende se coroar Imperador.

O Conde pareceu surpreso.

–Está falando sério?

–Se ele fizer isso, vai realizar as profecias dos astrólogos e mágicos que consulta há anos.

–Por Deus! Está me dizendo que Napoleão acredita neste tipo de bobagem?

–Acredita mesmo– Henry Carlton respondeu–, e também sua esposa, Josefina. Claro que cada previsão deles é sempre melhor do que a anterior.

–Não posso aceitar– o Conde disse cinicamente–, que alguém tão astuto e genial como Bonaparte seja influenciado por truques.

–Faz parte da tradição francesa. *Madame* de Mantenon praticava magia negra para conseguir as atenções de Luís XIV e Catarina de Médici fazia uma porção de rituais… sacrifícios e missa negra sobre o corpo de uma virgem.

–Não gosto destas coisas!– o Conde disse, com violência.

–Concordo, mas esteja preparado para, muito breve, encontrar Bonaparte entre as cabeças coroadas da Europa.

Separaram-se, quando chegaram a Stanhope Gate. O Conde foi para casa, pensando no que o amigo lhe havia dito. Sabia que seria um choque para a maioria, no Parlamento, se Napoleão conseguisse a monarquia. Disse a si mesmo, que aquilo era algo que já deviam esperar de um homem que arrasava a Europa como um meteoro.

Logo depois do café, o Major Musgrove, chegou com a correspondência, preparado para discutir diversos assuntos de negócios com o Conde.

Eram quase onze horas, quando terminaram a reunião.

O Conde assinou a última carta e disse:

–Preciso trocar de roupa. Prometi aparecer em Carlton House à noite.

–Desculpe por tê-lo retido tanto tempo, *milord*.

—Acho que não perdemos tempo. Fizemos o que era necessário.

Ia a sair da biblioteca, quando o mordomo entrou, com uma carta sobre uma pequena bandeja de prata.

O mensageiro acabou de chegar com isso, senhor. Veio do Castelo.

Era de Nanny e parecia óbvio que havia rabiscado o bilhete às pressas. Nem de longe lembrava a letra bonita e bem-feita que ele tanto conhecia.

"Senhor:

Sinto-me obrigada a pedir que venha o mais depressa possível. Estão acontecendo coisas que não compreendo e acho que o senhor precisa vir.
Sua criada,
Nanny."

Leu com cuidado e disse ao mordomo, que esperava suas ordens!

—Avise ao mensageiro para voltar ao Castelo . Não precisa levar resposta. Mande preparar minha carruagem e que Jason se apresente imediatamente!

—Sim, senhor.

O Conde olhou para o contador.

—Mande um aviso a Carlton House, informando ao Príncipe de Gales que precisei ir para o campo, cuidar com urgência de negócios de família. Apresente as minhas desculpas por não poder lhe fazer companhia hoje, como havia prometido.

—Tinha também um encontro à noite, com *Lady* Harriet— lembrou-lhe o Major.

—Mande minhas desculpas a ela.

Trocou de roupa e em poucos minutos entrava na carruagem, com Jason, saindo de Londres. Eram onze e meia.

Ao partir, imaginava o que teria aborrecido Nanny. Sabia que ela não o teria chamado, se não fosse algo muito sério e urgente. Parecia impossível que Circe Langstone, tivesse descoberto o esconderijo da enteada. Mas, se tivesse, sua primeira atitude seria ordenar a ele que lhe devolvesse Ofélia.

Se isso tivesse acontecido, Nanny lhe teria escrito. Então, tratava-se de algo diferente, algo de que queria-lhe falar pessoalmente.

O Conde sempre conversava muito, quando viajava com Jason, mas naquele dia não trocou nenhuma palavra com o cocheiro durante as duas horas de viagem.

Outras carruagens, levavam muito mais tempo para fazer o percurso. O Conde orgulhava-se muito de chegar ao Castelo tão depressa. Ninguém havia quebrado o seu recorde e provavélmente chegaria antes mesmo do mensageiro.

Esperava que, ao voltar para o Castelo, o homem não parasse em muitos bares, como costumava, nem contasse a ninguém que havia uma jovem na casa de Nanny Graham, mesmo assim, pensou, dificilmente outras pessoas iriam achar que se tratava da filha de *Lord* Langstone.

Na verdade, nem tinha dito a Nanny o sobrenome de Ofélia. Só Emily conhecia a verdadeira identidade da moça, mas podia confiar na filha de Jem Bullet.

Tinha planejado tudo com a eficiência de sempre e cuidado de todos os detalhes. Tinha orgulho de seus planos e uma ótima reputação de ser sempre bem-sucedido, quando estava no exército.

Apesar da sua convicção, de que poucas coisas seriam capazes de perturbar sua paz de espírito, sentiu-se aliviado ao ver o vilarejo e a casinha de Nanny.

Quando a carruagem parou bruscamente e levantando uma nuvem de poeira, ele desceu correndo e a porta da casa foi aberta pela babá. Só de olhar seu rosto, percebeu que algo de mau havia acontecido.

—Oh, senhor Gerald! Graças a Deus o senhor veio. Rezei tanto para que não demorasse.

Era óbvio que a mulher estava desesperada. Entrou na casa, fechou a porta e então perguntou:

—Qual é o problema, Nanny?

—Eles a levaram, *milord.* Era o que eu temia, quando lhe escrevi.

—Eles? Quem são eles? O que aconteceu?

Nanny respirou fundo. Suas mãos tremiam.

—Sente-se, Nanny. E me conte tudo que aconteceu.

A velha sentou-se, como se suas pernas não pudessem mais aguentar o peso do corpo.

—Conte pelo começo— pediu, acomodando-se ao lado dela.

—Por que me escreveu?

—Porque surgiu um homem espionando o vilarejo, fazendo perguntas. Eu até o vi, um dia, espiando pelas minhas janelas!

—Que tipo de homem?

–Um sujeito horrível. Não era um camponês, se compreende o que quero dizer, mas também não parecia um *gentleman.*

–Continue…

–Não gostei da aparência dele e achei que podia deixar a Srta. Ofélia com medo, se soubesse do sucedido.

–Não lhe disse nada?

–Não, não lhe disse nada. Tinha melhorado muito, estava feliz nestes últimos dias e dormia como uma criança, segurando a medalha que o senhor lhe deu.

–Então, você viu o tal homem e me escreveu. E vim o mais rápido que pude.

–Mas chegou muito tarde, senhor. Tarde demais!– Nanny começou a chorar.

–Quando a Srta. Ofélia loi levada'

–Há mais ou menos uma hora. Mandei Emily até o Castelo, chamar o Sr. Vaughan, mas ela ainda não voltou…

–O que aconteceu?

–Eu estava preparando um bolo, senhor, na cozinha, e a Srta. Ofélia me ajudava. Ela disse que queria aprender a cozinhar e nós duas estávamos lá, rindo de alguma coisa, quando de repente a porta foi escancarada'

–Ouviu alguma carruagem chegando'

–Acho que teria ouvido, se tivesse prestado atenção. Eles a carregaram para uma carruagem parada lá fora com a porta aberta…

–Quem a levou?

O homem que vi olhando pela janela e mais um outro, muito estranho!

–Estranho, como?

—Parecia usar uma capa e um tipo de capuz. Não era uma batina, mas sim uma capa longa e preta.

O Conde agora sabia o que tinha acontecido.

—Agarraram a Srta. Ofélia e não disseram uma palavra!

—E o que fez ela?

—Ela deu um grito de surpresa e perguntou: "Que querem? Quem são vocês?" Mas antes que pudesse dizer qualquer outra coisa, eles a arrastaram para fora da casa, pelo jardim, e a colocaram na carruagem

Fez uma pausa.

—Depois, ouvi que ela gritava, enquanto a carruagem partia, e não ouvi mais nada. Oh, senhor, foi tão horrível!

Nanny começou a soluçar, as lágrimas descendo pelo rosto.

O Conde pegou a mão dela.

—Tenho certeza de que foi horrível, Nanny. Mas, agora, não precisa se preocupar mais. Vou buscá-la.

—Sabe para onde ela foi levada?

—Tenho uma ideia . Diga-me: quantos homens dirigiam a carruagem?

Nanny pensou por alguns momentos.

—Só um, senhor.

—E quantos cavalos a puxavam?

—Dois, senhor.

—Obrigado, Nanny.

O Conde saiu do *bungalow* e pulou em sua carruagem. Manobrou os cavalos na estrada.

Começaram a voltar pelo mesmo caminho que tinham vindo, numa velocidade que fez Jason ficar surpreso.

Rake ficou contente ao ver que os animais pareciam bem-dispostos e não apresentavam sinal de cansaço da veloz cavalgada até o vilarejo.

–A jovem que trouxemos para ficar com Nanny Graham foi raptada, Jason– disse, calmamente.

–Raptada, *milord?*

–Sim, Jason, por três homens, mas acho que daremos conta deles.

–Tenho certeza disso, senhor.

–Trouxe sua pistola?

–Sim, senhor. Está debaixo do banco.

Havia sempre pistolas em todas as carruagens do Conde, para o caso de serem assaltados por ladrões de estrada.

Muitos dos seus amigos tinham sido roubados, enquanto viajavam pelo campo ou passeavam à noite, em Londres.

Jason curvou-se, pegando a arma limpa e carregada.

–Já a verifiquei, senhor.

–Então, poderemos usá-la, se necessário.

–Acha, senhor, que os homens que raptaram a senhorita estão armados?

–Não sei, mas acredito que não hesitarão em matar, se acharem necessário.

Tinha uma expressão preocupada. Sabia muito bem que Ofélia havia sido sequestrada pelos moradores da casa treze de Limbrick Lane.

Antes mesmo que Henry Carlton lhe dissesse que a missa negra era rezada sobre o corpo de uma virgem, isso já lhe havia passado pela cabeça. Aqueles que adoram o demônio estão sempre preparados para sacrificar crianças, a fim de poderem realizar a cerimônia mais importante da magia negra. É uma missa rezada de trás para frente, diante de uma cruz invertida e sobre o corpo nu de uma jovem virgem.

O Conde sabia que, no final daquele tipo de cerimônia, a vítima sempre morria assassinada ou ficava louca de medo, por ser forçada a participar de uma série de horrores.

A ideia de que algo deste tipo pudesse acontecer com Ofélia, fez com que soubesse que não hesitaria em matar nenhum homem que se atravessasse em seu caminho e tentasse impedi-lo de salvá-la.

—Preciso salvá-la— disse entre dentes.

Agora estava levando avante não apenas uma luta contra a crueldade, mas sentia-se pessoalmente envolvido.

Percebeu, enquanto dirigia a carruagem, que Ofélia era muito diferente de todas as pessoas que havia conhecido antes.

A fragilidade dela e sua confiança quase infantil tinham tornado Rake vulnerável de um modo que nem suspeitava ser possível.

No passado, as mulheres com quem se divertia eram sempre mundanas, sofisticadas, experientes, facilmente impressionáveis e com uma grande facilidade para fazê-lo cansar-se delas.

Atônito, pensou como Ofélia havia conseguido, em tão pouco tempo, atingi-lo tão fundo, no coração.

Desde o momento, em que a viu pela primeira vez, ela o intrigara, como nenhuma mulher antes. Não conseguira esquecê-la.

Tentou dizer a si mesmo que era apenas porque ela o aborrecera, acusando-o de ser injusto para com Jem Bullet. Depois, honestamente, admitiu que tinha sido muito mais do que isso.

Seu rostinho com os olhos grandes, amedrontados, o perseguia. Passou a achar *Lady* Harriet vulgar e aborrecida

Havia algo em Ofélia que o estimulava, lhe dava novas ideias e uma animação que há muito não sentia.

Não era o que ela fazia ou dizia. Mas o que ela era.

Prosseguiram na cavalgada, devorando a distância que os separava de Londres.

De repente, o Conde imaginou, desesperado, o que faria se a carruagem que a levava tivesse tomado outro caminho. Então viu, logo adiante, o veículo subindo uma pequena ladeira margeada por árvores.

—Acho que aquela é a carruagem que estamos procurando, Jason.

—O que quer que eu faça, senhor?

—Troque de lugar comigo e passe por eles. Logo que achar um lugar apropriado para detê-los, afaste os cavalos da estrada e pare.

—Muito bem, *milord*.

Trocaram de lugar.

Jason colocou a pistola debaixo do banco, a seu lado.

—Fique com a pistola, Jason. Ameace com ela o cocheiro e mantenha-o afastado dos outros dois homens.

—Farei isso, senhor.

—Espero conseguir lidar com os outros dois, mas, se falhar, pegue a Srta. Ofélia e leve-a embora.

—Não falhará, senhor— Jason disse, confiante.

Dirigiram com muita perícia e ultrapassaram a carruagem, seguindo adiante.

Enquanto passavam, o Conde deu uma olhada para dentro da cabine. Não conseguiu ver nada, mas notou que os cavalos já estavam cansados. Não eram da mesma raça que os seus.

À frente, a estrada estava vazia. Depois de alguns segundos, o Conde avisou.

—Vamos parar e sair.

Jason obedeceu. Freou os cavalos, que ficaram imóveis. A carruagem logo se aproximaria.

O Conde desceu, sem pressa, e caminhou para a estrada.

Quando a carruagem parou, dirigiu-se para a porta.

Abriu-a e viu o homem do qual Nanny tinha falado. Este se curvou e perguntou:

—O que Não pôde continuar,

O Conde agarrou-o pelo pescoço e puxou-o para fora. Ele caiu na estrada e foi atingido no queixo, por um soco caiu de costas e ficou imóvel.

O outro homem que havia descido estava pronto para a ação. Aproximou-se com os punhos fechados e uma expressão feroz no rosto.

Rake atingiu-o primeiro, em um dos lados do rosto.

Ele caiu inconsciente, ao lado do outro.

O Conde entrou na carruagem. Ofélia estava recostada no banco de trás.

Tinha sido amordaçada com um lenço e seus pulsos e tornozelos estavam amarrados com cordas.

Tomou-a nos braços e levou-a para sua própria carruagem, onde a sentou. Pegou as rédeas das mãos de Jason e disse:

–Por favor, vá cuidar do cocheiro! Depois, solte os cavalos deles!

Viu que o empregado o olhava, divertido.

Depois de uma briga rápida com o cocheiro, soltou os cavalos, que se afastaram, galopando felizes.

Enquanto isso, o Conde tirava a mordaça de Ofélia,

–Está tudo bem. Agora está a salvo e prometo que isso não acontecerá novamente.

Olhou-o por um momento, como se não conseguisse acreditar que tudo aquilo estava mesmo acontecendo. Depois, começou a chorar, escondendo o rosto em seu ombro, enquanto ele desatava as cordas dos pulsos e tornozelos.

Quando ficou livre, o Conde abraçou-a forte.

–Sei que foi horrível, mas você sabia que eu viria salvá-la, não?

–Rezei… rezei tanto– Ofélia soluçou–, e estava com tanto medo de que não me ouvisse.

–Eu ouvi e prometo que, no futuro, vou manter você completamente a salvo destes horrores.

–Foi… minha madrasta quem… mandou estes homens– ela murmurou–, e sei… que tentará novamente

O Conde ia dizer qualquer coisa, quando Jason, parecendo muito satisfeito, voltou à carruagem.

–Vamos deixá-los lá, caídos na estrada, senhor? Ou devemos jogá-los em algum monte de lixo?

–Deixe-os, não quero mais nenhum contato com eles.

Jason sorriu e pulou para o lugar do cocheiro.

O Conde ordenou que seguissem em direção a Londres e passou o braço pela cintura de Ofélia.

A moça tinha parado de chorar e estava enxugando os olhos.

–Para onde estamos indo?– perguntou, depois de um momento, com a voz ligeiramente amedrontada.

–Estou levando você para ficar com minha tia-avó, Adelaide. Ela é a Condessa Dowager de Tewkesbury, uma mulher admirável, que muitas pessoas temem. Acho que gostarão uma da outra.

–Nanny ficará preocupada, se eu não voltar.

–Vou avisar Nanny de que você está em segurança, mas acho que meus cavalos já viajaram muito e estamos mais perto de Londres do que do Castelo .

–Você me salvou. Só não compreendo por que minha madrasta precisou mandar aqueles homens tão estranhos e horríveis para me raptarem.

–Acho que ninguém mais aceitou fazer esse trabalho sujo!

Não tinha a menor intenção, a não ser que fosse absolutamente necessário, de dizer a Ofélia o motivo verdadeiro. Entretanto, havia subestimado a inteligência dela.

–Acho… claro que posso estar errada…– disse, depois de um momento–, mas acho… que eles têm algo a ver com… magia negra.

–Por que pensa assim?

–Sinto que há… algo diabólico neles. Fizeram com que me sentisse como antes, quando via o rosto da madrasta, antes que você me desse a medalha.

O Conde não respondeu. Depois de uma pausa, ela continuou:

–Acha que eles queriam… me sacrificar?

–Qualquer coisa que quisessem– ele respondeu, confiante–, agora sabem que não conseguirão. Esqueça-os, Ofélia. Não deixe que sua mente se ocupe com eles. É um erro pensar muito sobre a maldade.

–Claro, se pensar na sua maldade… ela pode exercer muito bem o seu domínio sobre mim– estremeceu.

–Já lhe disse que está salva! Nada, nem natural nem sobrenatural, poderá atingi-la e lhe causar dano. Cuidarei para que isso não aconteça!

–Como pode ter tanta certeza?

–Vou lhe contar mais tarde.

Pensou que ele não queria contar naquele momento, porque Jason estava ali, com eles, e talvez não quisesse que o criado ouvisse.

Concordou sorrindo e, sem perceber o que fazia, aproximou-se do Conde.

–Acha que estamos… sendo muito ousados… viajando assim? Sinto que… quero abraçá-lo… para ter certeza de que está mesmo aqui.

–Estou aqui e agradeça isso a Nanny.

–Nanny?

–Sim, Nanny, Ela me enviou um bilhete, dizendo que precisava de mim. Como sei que só me chama em casos de urgência, vim imediatamente. Quando cheguei, soube que era tarde demais.

—Ela estava muito preocupada?

—Naturalmente. Ela adora você.

—E eu a adoro. Fui tão feliz naquela casinha, ouvindo as histórias que me contava, de quando você era garoto. Poderia viver lá o resto da minha vida.

—Acho que em pouco tempo se aborreceria e acharia aquele vilarejo muito pequeno.

—Talvez ele seja mesmo pequeno, mas é cheio de amor.

O Conde sorriu.

Não conseguia lembrar de ninguém que descrevesse tão claramente o lugar onde Nanny vivia.

Quando era pequeno, ela lhe dera o único amor que conhecera, protegendo-o contra a agressividade da mãe e suas contínuas críticas.

No tempo dela, o Castelo havia sido um lugar cheio de amor. Poderia descrevê-lo com as mesmas palavras que Ofélia tinha usado agora.

Continuaram a viagem, em silêncio. Quando começaram a aparecer as primeiras casas de Londres, entraram numa estrada estreita.

A carruagem parou na frente de uma mansão elegante, construída com pedras, cheia de largas janelas e uma porta de madeira entalhada.

—É aqui que mora sua tia?— Ofélia perguntou, nervosa.

—Quero que ela cuide de você durante algum tempo, até que eu tenha certeza de que nada de ruim poderá lhe acontecer.

Jason freou os cavalos e os dois desceram da carruagem.

–A sua tia me achará muito esquisita, vindo aqui, sem chapéu– ela disse, nervosa.

–Está muito bonita!– e viu que os olhos dela o fitavam, surpresos.

Na verdade, estava linda, com um dos vestidos que ele lhe enviara de Londres, um modelo enfeitado com bordado inglês, entremeado com fitas de veludo.

Percebendo seu nervosismo, segurou-lhe a mão. A porta da casa foi aberta por um velho mordomo.

–Como vai, Dawes?

–Bem, obrigado, senhor. Encontrará a senhora sua tia no jardim de inverno.

O Conde hesitou um momento. Depois, disse:

–Dawes, acho que a Srta. Langstone gostaria de se arrumar. Poderia, por favor, levá-la lá para cima e pedir à sua esposa que a ajude?

–Farei isso, senhor– Dawes respondeu, dando um olhar paternal para Ofélia–, venha comigo, senhorita. Vou lhe mostrar o caminho.

Subiram as escadas. Lá de cima, olhou o Conde e ele teve vontade de subir correndo e tomá-la nos braços. «Ela passou por experiências horríveis», pensou Rake, «mas tem sido muito corajosa».

Sabia que, se aquelas coisas tivessem acontecido com *Lady* Harriet, ou qualquer uma das suas amigas, elas estariam desmaiando e gritando, histéricas, contando para todos e repetindo constantemente tudo que lhes havia sucedido!

O Conde sabia o caminho e dirigiu-se para o jardim de inverno.

Viu sua tia-avó, usando uma peruca da mesma cor dos seus cabelos quando era jovem. Suas joias valiam tanto quanto o tesouro de um marajá. Sempre as usava. Parecia não saber andar sem elas.

Logo que entrou, alguns cachorrinhos *spaniel* se aproximaram correndo.

–Bom dia, tia Adelaide– disse, cruzando o aposento.

–Rake! É você mesmo? Ou será que estou vendo um fantasma?

Há quanto tempo não aparece, pensei que tivesse morrido!

O Conde sorriu.

–Não. Estou bem vivo e vim lhe pedir um favor.

–Claro. Eu devia saber que não viria aqui, se não quisesse algo– a Condessa foi sarcástica.

Tomou a mão dela, pesada de tantos anéis, e levou-a aos lábios.

–Não preciso perguntar como está, tia Adelaide. Nunca me pareceu tão bem.

–Não vai conseguir nada, com elogios. Estou aborrecida com você, e tenho minhas razões.

–Estive muito ocupado. Por favor, desculpe minha longa ausência.

–Não sei por que deva desculpá-lo!

–Por que é a única pessoa em que posso confiar. Por isso, vim aqui lhe suplicar um favor.

– O que é, desta vez? Se forem mais fugitivos da França, já aviso que não vou recebê-los. Os últimos que trouxe eram insuportáveis. Reclamavam de tudo e as crianças me quebraram vários pratos valiosos!

Era uma velha história, que o Conde já tinha escutado muitas vezes. Na verdade, ele enviara novos pratos, mas a tia, convenientemente, se recusava a lembrar disso.

—A Revolução Francesa já acabou— ele disse.

—Mas a França agora tem aquele monstro, aquele Napoleão. Ele é capaz de tudo!

—Não é com o monstro Napoleão que me preocupo no momento, mas sim com Circe Langstone.

—Circe Langstone?

A voz da Condessa saiu alta e seus olhos brilharam de curiosidade. Ela procurava manter-se atualizada com todos os boatos da alta sociedade. E conseguia.

O Conde lhe contou, rapidamente, o que tinha acontecido e viu que a Condessa se divertia com sua história.

—Já ouvi falar desta mulher. Ouvi dizer, também, que você a chama de *"serpente de satã"*. Acho um apelido ótimo!

—Foi o que pensei. E agora quero lhe pedir que cuide de Ofélia durante algum tempo. Até que eu tenha certeza de que este tipo de coisa não acontecerá com ela novamente.

—O que pretende fazer?

—Depois eu conto— disse, levantando-se, ao ouvir passos que se aproximavam da porta.

—A Srta. Langstone, *milady!*— Dawes anunciou, e Ofélia entrou na sala.

Estava um pouquinho nervosa, mas o Conde percebeu que havia arrumado o cabelo e tirado a poeira do rosto e das mãos.

Parecia muito jovem, ansiosa e com um pouquinho de medo.

Os cachorrinhos correram para ela.

Curvou-se e afagou-os, enquanto o Conde se aproximava.

Ele a tomou pela mão e dirigiu-se à tia, apresentando, calmamente:

—Tia Adelaide, quero lhe apresentar Ofélia Langstone, minha futura esposa.

Mais tarde, deixando Ofélia com a Conde ssa, Rake foi para casa, em Berkeley Square.

Tinha um sorriso nos lábios e Jason achou que o patrão estava muito contente.

Na verdade, o Conde pensava na surpresa que vira nos olhos da tia-avó, ao lhe apresentar Ofélia. E a expressão da moça, atônita.

Depois, o rosto dela ficou radiante.

O medo e a ansiedade sumiram. Parecia um raio de sol. Estava ainda mais bonita do que quando se tinham encontrado pela primeira vez.

—Meu menino querido!— a Condessa exclamou—, porque não me disse antes? Oh, não tem ideia de como estou contente!

—Fico satisfeito em saber!

—Quantas vezes não lhe aconselhei, lhe implorei para que se casasse?

Estendeu a mão a Ofélia.

—Venha, querida, e conte-me como conseguiu agarrá-lo.

–Não faça Ofélia se sentir envergonhada. Ela passou algum tempo com Nanny e acha que sou o herói de todos os seus sonhos. Não quero que a deixe desiludida.

–Só você poderá desiludi-la.

O Conde sorriu, fazendo uma reverência.

Sabia que serviriam um lanche a Ofélia, pois a Condessa já tinha almoçado. Olhou para a moça. Todo seu mundo parecia iluminado. Ela estava feliz.

Ao mesmo tempo, os olhos dela lhe diziam que tudo aquilo parecia lindo demais para ser verdade.

Ao ficarem a sós, perguntou, baixinho:

–Queria mesmo dizer aquilo, ou foi só um modo de fazer as coisas parecerem. . . mais respeitáveis?

Percebeu que aquela seria uma explicação plausível. Depois de um momento, perguntou, em vez de responder:

–O que você quer que seja?

–Estou pensando em você.

–E eu estou pedindo para que pense em si mesma. É surpreendente como, ao contrário da maioria das mulheres, você esquece de si mesma.

–Não pode estar mesmo querendo se casar comigo.

–Por que não?

–Porque é uma pessoa tão importante… tão admirável. Sei que não sou a pessoa certa para alguém como você.

–Acho que cabe a mim decidir isso… e desculpe, minha querida, se, sem lhe consultar, disse aquilo à minha tia. Acho que fiz isso porque sabia que, assim, ela cuidaria melhor de você.

–Quer dizer, então… quer dizer…

—Quero dizer que desejo realmente que seja minha esposa. É o que mais quero na vida.

De repente, achou que o aposento tinha sido iluminado com infinitas luzes que brilhavam nos olhos de Ofélia.

Ela se aproximou e escondeu o rosto, no seu ombro.

—Estou sonhando— murmurou—, nunca me atrevi a rezar para que você me amasse.

—Mas queria isso.

—Eu o amei, desde... milhões de anos atrás. Você é tudo que um homem deve ser.

—Entretanto, nunca pensei, nem por um momento, que pudesse significar algo para você.

O Conde virou o rosto dela e fez com que o encarasse:

—Quando tivermos mais tempo, vou lhe contar exatamente o quanto a amo!

Enquanto falava, curvou a cabeça e seus lábios encontraram os dela.

Não podia imaginar que a boca de uma mulher pudesse ser tão suave e, ao mesmo tempo, tão excitante.

Beijou-a durante um longo tempo. Então, sentiu que o corpo dela se aproximava mais, que correspondia ao seu beijo, e ficou quase em êxtase. Era muito diferente de todas as mulheres que havia conhecido.

Teve a sensação que algo divino o envolvia, algo muito maravilhoso.

Para Ofélia, era como se apenas ele existisse no mundo. O amor que sentia era parte de Deus. Aninhou-se nos braços do Conde, sentindo-se segura. Ele conseguia afastar seus medos e inseguranças.

Achou que estava sendo erguida ao céu, para longe de todos os perigos que a ameaçavam.

—Eu o amo! Eu o amo!

—E eu também a amo, minha querida!

A voz dele estava rouca. Abraçaram-se e se beijaram. Ela sentiu-se elevada. Não sabia, mas naquele momento o Conde estava pensando que poderia tê-la perdido.

Ele a largou e disse:

—Tenho coisas a fazer, minha querida. Vou deixá-la aqui, em segurança, com tia Adelaide. Se não voltar à noite, para vê-la, virei amanhã de manhã. Faremos os planos para o casamento.

—Podemos nos casar logo?

—Tão logo quanto queira. Assim que estiver pronta para ser minha.

—Já… estou… pronta.

Ele riu.

—Precisa me dar tempo para que consiga uma licença especial, a não ser que queira um casamento muito pomposo em St. George, na Hanover Square?

Ofélia deu um gritinho.

—Não, não quero um casamento luxuoso e…

—O que ia dizer?

—Não vou aguentar… ver minha madrasta lá… me odiando…

—Ela não estará lá– respondeu, com firmeza–. Deixe tudo comigo.

Beijou-a e saiu.

—Cuide dela, tia Adelaide— pediu, ao encontrar a velha senhora—, é muito preciosa e não posso imaginá-la fora da minha vida.

Falou com tanta sinceridade que fez a Conde ssa olhá-lo, curiosa.

—Rake, você me surpreende, mas ao mesmo tempo, acredito no que diz.

—Tinha a certeza de que acreditaria. Lembre-se de que é a única pessoa a saber do meu segredo. Espero que o guarde.

—Já confiou em mim, no passado.

—E nunca me desapontou, mas agora as coisas são muito mais importantes do que antigamente.

Beijou a mão da Condessa.

Quando o Conde saiu, a velha senhora dirigiu-se à sala onde estava Ofélia:

—É óbvio que você é uma moça admirável, lenho certeza de que sem dúvida, é a pessoa exata para o meu sobrinho.

CAPÍTULO VII

Havia muita poeira e ainda não tinha anoitecido. Uma mulher alta correu, nervosa, por Limbrick Lane.

Entretanto, na rua suja não havia nada para deixá-la com medo, a não ser um magro catador de papéis velhos, que apanhava os pedaços e os jogava em um saco, às suas costas.

Ele usava o cabelo longo e grisalho formando uma massa suja e emaranhada, até os ombros, e um chapéu preto, imundo, que toda hora lhe caía sobre a testa.

Suas botas estavam rasgadas, deixando ver os dedos sujos dos pés. Seu casaco esfarrapado fazia com que parecesse um espantalho.

Empurrava a sua frente um carrinho de duas rodas, onde já estavam dois sacos cheios de papéis A mulher deu uma corrida até o meio da rua, preocupada, tentando achar uma certa casa. Olhou os números e, quando a encontrou, dirigiu-se, apressada, para a porta da frente.

Bateu e a porta foi aberta, imediatamente. Um reflexo de luz iluminou a poeira da rua e da casa, saiu um cheiro forte, adocicado, de incenso.

Logo a porta foi fechada e outra pessoa chegou andando pela rua. Era um velho, vestido de modo elegante, demonstrando prosperidade, mas o seu cabelo era comprido, fora de moda, e usava uma longa barba,

Foi seguido, poucos minutos depois, por um rapaz pálido que vinha com as mãos enfiadas nos bolsos e não parecia à vontade. Olhou de um lado para outro, ao se aproximar da casa. Então, antes de bater na porta, olhou mais uma vez por cima dos ombros.

O catador de papéis prosseguia com sua tarefa.

Entre a casa número treze, de Limbrick Lane, e a que lhe era vizinha, havia uma pequena passagem, muito suja, que os moradores de ambas usavam para chegar até as portas dos fundos. O catador de papéis dirigiu-se para lá, encostando-se à parede, remexendo no lixo.

Olhou a porta dos fundos. Depois, voltou pelo mesmo caminho, observando que todas as janelas da casa treze tinham sido fechadas, de modo a não deixar passar nenhuma luz.

Mais pessoas estavam entrando na casa. Entre elas, havia uma senhora de meia-idade, com olhos inchados e boca intumescida, que denunciavam tratar-se de uma alcoólatra, e um homem, com chapéu militar, que lhe dava um ar autoritário.

Depois, por alguns minutos, não apareceram mais visitantes, até que, no fim da rua, surgiu uma carruagem.

Parou defronte à casa número treze e o cocheiro abriu a porta.

Uma dama desceu, cheia de graça inegável. Usava uma capa de veludo negro, enfeitada de peles, e um capuz que lhe escondia o rosto. Quando a porta da casa foi aberta, o reflexo da luz lá de dentro revelou o brilho do cabelo vermelho e dos olhos verdes A carruagem prosseguiu, indo estacionar no fim da rua. A dama entrou na casa, com um olhar ansioso.

Na porta, surgiu uma mulher, com expressão preocupada.

Olhou a rua e, desapontada por não ver o que queria, voltou para dentro e fechou a porta. O catador de papéis, de repente, parecia ter desaparecido. Quando ela entrou, ele começou a agir, rapidamente.

Saiu de seu esconderijo e pegou os dois sacos que estavam no carrinho. Levou-os para a passagem entre as duas casas. Colocou um deles, bem firme do lado de fora da porta dos fundos. Depois, depositou o outro debaixo de uma janela dos fundos.

Movimentou-se em torno dos dois sacos durante alguns momentos.

Em seguida, voltou, pegou o terceiro saco e o colocou, firmemente, de encontro à porta da frente.

Ocupou-se com alguma coisa que estava embaixo do saco, depois voltou ao carrinho vazio e começou a empurrá-lo pela rua.

Não tinha ido muito longe, quando se ouviu uma explosão na parte de trás da casa treze. Parecia pólvora. Depois de um momento, mais duas explosões se seguiram à primeira.

A última, vinda da porta da frente, foi a mais alta de todas. Pareceu ecoar pela rua e, em poucos minutos, chamas subiam em volta da casa. Ouviram-se outras explosões menores e o crepitar de madeira queimando, seguido por gritos dos que estavam lá dentro.

O catador de papéis não esperou. Caminhou um pouco mais depressa e desapareceu na noite.

O Conde estava tirando suas roupas de montaria e vestindo algo mais elegante. Deu o nó na gravata e ouviu alguém bater na porta do quarto.

–Entre.

Era o Major Musgrove.

–Bom dia, Musgrove. Fez uma boa viagem?

–Ótima, senhor. Não acredito que haja cavalos mais rápidos do que os seus.

–Ficarei muito aborrecido, se houver.

Depois, olhou em volta para ver se seu camareiro já havia saído. Então, perguntou:

–Conseguiu a licença especial?

–Sim. Estou com ela aqui, senhor. Trouxe também uma porção de caixas de vestidos que estavam na casa de Nanny Graham, como me ordenou.

–Obrigado.

Houve uma pausa e o Major disse:

–Comprei os jornais da manhã, senhor, e acho que há neles algo que pode interessá-lo.

–O que é?

–*Lady* Langstone morreu.

O Conde ficou imóvel, por um momento.

–Qual a causa da morte?

—Diz o jornal que ela tomou uma dose excessiva de láudano. A criada informou ao repórter, que estava sofrendo
uma forte dor de cabeça e retirou-se para o quarto. Dedu-
ziram que tornou, por engano, uma dose excessiva do
remédio.

O Conde não falou durante algum tempo.

—Deixe-me ver o jornal.

—Aqui está. É o *"Morning Post"*, senhor. A mesma notícia aparece também no *"The Times"*.

O Conde pegou o jornal, mas em vez de ler o que
Musgrove apontava, na primeira página, folheou-o, até
encontrar o que procurava.

Era uma pequena notícia:

INCÊNDIO EM CHELSEA

*"Um incêndio teve lugar na noite de quar-
ta-feira, em Limbrick Lane, onde certo número
de pessoas estava reunido. Demorou muito para
que os bombeiros chegassem à casa e o pânico
dominou os que se encontravam em seu interior A maioria foi levada para o hospital, com
queimaduras.*

*A única pessoa seriamente ferida, foi a
proprietária da casa, madame Zenobe, de
origem estrangeira. Ela foi mantida no hospital,
enquanto os outros voltaram às suas casas, após
os curativos. Uma dama, cujo rosto ficou excessi-
vamente queimado, contou um expectador, fugiu*

*em sua carruagem, antes de ser identificada. A
casa queimou-se totalmente e nada restou dela."*

O Conde sorriu e atirou o jornal sobre a cama. Depois,
olhou-se no espelho que estava sobre a cômoda.

–Pretende dizer à Srta. Langstone que a madrasta dela
morreu?– o Major Musgrove perguntou, hesitante.

–Hoje não. De jeito nenhum. Portanto, esconda o
jornal.

–Farei isso, senhor. Deseja algo mais?

–Entregue a licença especial de casamento ao pároco,
que deve chegar à capela dentro de dez minutos. Como
já lhe disse, Musgrove, você e a minha velha babá serão as
únicas testemunhas de meu casamento. Tudo acontecerá
em completo segredo.

–Compreendo, senhor.

O Major saiu do quarto e o camareiro entrou, para
terminar de ajudar seu amo a se vestir.

O Conde ajeitou as lapelas do casaco e passou para um
quarto ao lado do que ocupava.

Era um quarto exótico, com uma imensa cama, cheia
de cortinas azuis, combinando com os tapetes. No teto,
esvoaçava uma porção de anjinhos pintados.

Não estava preocupado com a decoração, e sim com
as flores. Ordenara que fossem arrumadas em diversos
vasos sobre a penteadeira e outras mesas espalhadas pelo
quarto.

As flores eram todas brancas, perfumadas, e cada vaso
tinha um tipo diferente.

Aquilo era muito simbólico, pensou. Sabia que Ofélia gostava delas e ia se lembrar do dia em que ele a encontrou, pela primeira vez.

Saiu do quarto e desceu, para inspecionar as flores que enfeitavam os outros cômodos. O salão de festas estava especialmente lindo e perfumado.

Parou perto de uma janela e olhou o jardim, pensando que todos os homens, se pudessem, escolheriam um casamento como o seu, cheio de intimidade, num dia calmo, sem nada que os distraísse da solenidade da cerimônia.

Era o tipo de casamento com que sempre havia sonhado, mas sempre soubera, que, por causa de sua posição social, qualquer mulher com quem se casasse iria querer uma recepção imensa, um casamento complicado, em alguma Igreja da moda, com a presença do Príncipe de Gales e todos os convidados de honra.

O Conde sabia que só queria ter Ofélia para si. Ter certeza de que o amor dela, não seria ofuscado por nervosismos, apenas pela maravilha de estarem juntos.

Nunca desconfiara de que uma mulher pudesse irradiar tanto amor. Um amor tão forte que lhe tornava os olhos suaves e brilhantes.

Não o brilho de fogo do desejo, que o Conde já tinha visto tantas vezes, mas algo divino, sagrado, que nunca havia entrado em sua vida, até aquele momento.

Ela é diferente... muito diferente, pensou, pela milionésima vez.

Quando, na tarde anterior, tinha levado Ofélia da casa da tia Adelaide, de volta para Nanny, no vilarejo, sabia o que ambos estavam pensando: que ainda tinham que esperar vinte e quatro horas para ficarem juntos para sempre.

—Estará em segurança esta noite, meu amor. Portanto, não tenha medo.

—Não tenho medo de nada... a não ser de que pare de me amar.

—Isso é impossível, pois, não apenas a amo, como ainda percebo que este amor aumenta a cada minuto que ficamos juntos.

—Também... sinto isso— Ofélia disse, com simplicidade.

O Conde passou os braços em volta dela e beijou-a, até que ambos ficassem sem fôlego. Era uma agonia saber que estariam separados por mais uma noite.

—Nanny disse, que dá má sorte você me ver amanhã, antes de nos encontrarmos no altar. Não vou arriscar. Por isso, pedi a Nanny que a leve ao Castelo. O Major Musgrove virá de Londres, logo de manhã, para acompanhá-la à capela.

—Tem certeza de que... você estará lá?

—Certeza absoluta— respondeu, sorrindo.

Beijou-a novamente e voltou ao Castelo, sentindo que todo seu mundo estava agitado por uma porção de sobressaltos. Não sabia se se sentiria calmo novamente, um dia.

Durante todos os seus anos como rebelde, cheio de cinismo e satirizando as pessoas, nunca acreditara no amor. Nunca imaginara que um dia se sentiria tão apaixonado, aprisionado, absurdamente feliz em ver que o amor o havia atingido.

Tudo tinha acontecido tão depressa, que quase não dava para acreditar.

Ele nunca, em nenhum momento, pensou que se apaixonaria totalmente e descontroladamente, de um modo tão puro e idealista, como qualquer garoto de dezessete anos.

E agora que lhe acontecia, mesmo sendo muito mais velho, podia apreciar o sabor da maravilha do amor. Conhecia, agora, seu verdadeiro significado, depois de só ter encontrado imitações, durante tantos, e tantos anos.

Antes de ir para a cama, parou ao lado de uma janela aberta e olhou para o vilarejo, pensando em Ofélia, dormindo na casinha de Nanny.

No dia seguinte, ela se tornaria a proprietária de meia dúzia de Castelos, cheios de tesouros acumulados ao longo de muitos séculos.

Entretanto, sabia que não iria mudar. Tinha o instinto para reconhecer as coisas importantes e certas na vida, que não têm nada a ver com posses materiais.

–Eu a amo! Oh, Deus, como eu a amo!– disse consigo mesmo e desejou que a noite passasse depressa, para que pudesse vê-la logo.

Para Ofélia, de repente, o mundo tinha, se transformado num lugar encantado; a terra das fadas, que imaginara quando criança.

Ainda não conseguia acreditar que o Conde a amasse. Entretanto, percebia que ambos estavam irremediavelmente ligados um ao outro, não apenas do ponto de vista físico, mas também espiritual.

Quando eu pertencer a ele, nada mais me irá amedrontar, pensava, mas sabia que pertencer um ao outro significaria muito mais do que, simplesmente, se livrar dos seus temores.

Sabia que o Conde lhe poderia ensinar muito, pois tinha bastante experiência. Queria saber tudo sobre ele, sua coragem e seu ódio à crueldade, mas ela também lhe poderia dar algo.

Disse a si mesma que iria rezar todas as noites para que ela só lhe proporcionasse coisas boas, e trouxesse sempre o bem para o Castelo ou qualquer lugar onde morassem.

Dormiu e quando acordou, o sol entrava pela janela.

Sentiu-se em um mundo iluminado e brilhante.

Nanny arrumou várias caixas, que o Major Musgrove tinha trazido de Londres, e enviou-as ao Castelo. Depois, deliciada, examinou o vestido de casamento. Era muito simples, feito de renda e musseline, perfeito para salientar a beleza de Ofélia.

Não usaria véu, porque ninguém devia saber do casamento e ela não podia atravessar o vilarejo vestida como uma noiva.

Em vez disso, usaria na cabeça uma tiara de flores do campo, que a deixava parecida com a deusa da primavera. Na mão, um *bouquet* das mesmas flores.

O Major Musgrove foi buscá-la e, ao vê-la, pensou que aquela era a moça mais bonita que tinha visto em toda sua vida. Sentiu que o Conde tinha uma grande sorte, em tê-la encontrado.

Rake possuía uma reputação que o destacava dos outros homens, mas Ofélia era adorável, de uma beleza muito espiritual e pura. Ela proporcionaria o equilíbrio certo entre os dois e, quando se casassem, seriam ambos pessoas completas.

O Major Musgrove conduziu Ofélia até a capela do Castelo.

Enquanto caminhavam em silêncio, ela sentiu que devia olhar a decoração, as pinturas, as armaduras e bandeiras antigas que enfeitavam as paredes, mas não conseguia pensar em nada, a não ser no homem que a estava esperando no altar.

Quando entrou na capela, viu o Conde de pé, na outra extremidade. Sentiu como se tudo a sua volta, se iluminasse com uma luz interior, vinda de sua alma.

Então, ele viu a expressão dos olhos dela. Parecia que o amor de Ofélia tomava conta dele e teve certeza de que seus corações batiam juntos.

O pároco era um velhinho simpático que leu a cerimônia de casamento com tal sinceridade que comoveu todos os presentes. Abençoou o casal e, para Ofélia, foi como se sua mãe a abençoasse também. Ficou agradecida por ter encontrado segurança e amor.

O champanhe foi servido para o pároco, o Major Musgrove e Nanny. Então, o Conde, levou Ofélia para uma outra parte do Castelo, o jardim de inverno, onde lhes seria servida uma refeição.

O local era muito romântico, cheio de pequeninas laranjeiras que há séculos haviam sido plantadas ali, junto com outras plantas exóticas.

–Que lugar lindo!

—Você também é linda. E aqui, querida, começamos a nossa lua-de-mel, rumo às estrelas. Nada nos perturbará, até que estejamos prontos para descer à terra, novamente.

Ela sorriu, como se fosse uma criança ouvindo uma história de fadas.

—Acho que não está forte o suficiente para viajar, depois de ter ficado doente tanto tempo. Por isso, pensei em ficarmos no Castelo durante uma semana, ou mais... e então, se estiver bem de saúde, iremos para os outros Castelos que tenho... para ver, de qual você gosta mais.

Ofélia riu.

—Serei feliz em qualquer lugar onde você esteja. Não posso imaginar nada mais bonito e imponente do que este Castelo, onde estamos.

—Tenho muitos tesouros para lhe mostrar, mas teremos muito tempo para isso. O que precisamos mesmo é começar a nos conhecer. Sei que quase não sabe nada sobre mim... e, por outro lado, sei muito pouco sobre você, a não ser que a amo e isso é tudo o que importa.

Depois de almoçarem no jardim de inverno, foram passear no pátio, e ficaram admirando as flores e frutas. O Conde beijou-a, até que novamente sentiram aquele estranho encantamento, de quem penetra num mundo de sonhos.

Na verdade, havia pouco para conversarem e muito para verem.

As horas que ficaram juntos passaram rapidamente, quando perceberam, o jantar já estava sendo servido. Jantaram e Rake lhe mostrou o salão, todo enfeitado de flores.

Ela sentou-se perto de uma janela aberta e ficou observando o pôr-do-sol.

–Está cansada, meu amor?

–Acho que nunca me sentirei cansada novamente. Você me deixa com vontade de voar, mergulhar no lago, dançar no jardim!

Ela respirou fundo:

–Estou tão feliz, tão completamente feiiz!

O Conde abraçou-a.

–É isso que quero que diga sempre, meu amor, mas, tenho algo a lhe perguntar.

–O que é'

–Nada de mais, só algo que quero que ouça.

–O que é?– ela perguntou, ainda ansiosa.

–É isso, minha querida... você passou por experiências tão terríveis, esteve tão doente que, se estiver cansada e preferir dormir sozinha esta noite, eu compreenderei.

Olhou-o confusa,

–O que estou querendo dizer, minha querida, é que esta é a nossa noite de casamento e quero fazer amor com você, quero torná-la minha esposa, não apenas legalmente, mas também na realidade, de modo a nos tornarmos uma só pessoa, tanto de corpo como já somos em alma.

Fez uma pausa e continuou:

–Mas temos, com a graça de Deus, muitos e muitos anos a nossa frente... assim, acho que seria bom para você, se fosse para a cama e dormisse tranquilamente.

Sabia, enquanto falava, que seria difícil ter Ofélia dormindo no quarto ao lado e não abrir a porta de comunicação.

Mas ele a amava tanto que, talvez pela primeira vez na vida, estivesse deixando de lado seus próprios desejos para satisfazer alguém que amava mais do que a si mesmo.

Ofélia disse, baixinho:

—Acho que... gostaria de ir para a cama... agora... como você sugeriu... mas, por favor... quero que... venha comigo.

—Tem certeza?— perguntou, com a voz rouca.

—Certeza absoluta, minha querida?

—Na noite passada, estive pensando, enquanto estava sozinha, em quanto seria maravilhoso ficar com você... bem pertinho.

Ela enrubesceu e deitou a cabeça no ombro dele.

—Não sei o que um homem e uma mulher fazem, quando se amam, mas qualquer coisa que você fizer comigo, será perfeito, será a vontade de Deus.

O Conde fechou os olhos durante um momento e beijou os cabelos dela.

—É isso que quero que sinta, minha querida...

Virou o rosto dela, enquanto falava, e viu que seus lábios esperavam pelos dele. Olhou-a, apaixonado.

—É linda, minha esposa adorável. Mas é muito mais do que isso. É boa e pura e isso nunca encontrei antes em ninguém. Foi o que sempre estive procurando, apesar de não saber.

—Quero ser boa para você. Então, como seremos bons juntos, sei que o mal nunca poderá nos atingir.

A voz dela estava trêmula. Mesmo assim, continuou:

–Quando seguro a medalha de Santa Verônica, sinto a bondade vindo nos raios de sol, e agora, sinto a mesma coisa vindo de você.

Por um momento, o Conde quis responder que aquilo era impossível, que já tinha feito tantas coisas erradas na vida! Mas, como explicaria aquelas coisas, sem macular a pureza de Ofélia? Como ela não reconhecia o mal nele?

Então, de repente, soube a resposta; era o amor dele que Ofélia estava sentindo e o amor que sentia por ela era tão puro e tão bom, que parecia vir de uma alma que nem desconfiara possuir, antes de conhecê-la.

Ofélia lhe havia pedido que rezasse por ela e, estranhamente, ele tinha rezado. Sem saber, naquele tempo já a amava.

Agora, tinha certeza de que, se Circe Langstone não tivesse morrido, mesmo assim, eles triunfariam sobre o mal que ela lhes desejava.

O amor que fazia parte de Ofélia e parte dele mesmo era também parte de Deus, e muito mais forte do que qualquer coisa que o demônio produzisse.

Abraçou a esposa com força e aproximando os lábios dos dela, disse, suavemente:

–Eu a amo, minha querida. Agora, vou carregá-la para a cama, e como você quer, ficaremos juntos esta noite e o resto de nossas vidas.

Seus lábios se uniram aos de Ofélia. Ela lhe passou o braço pelo pescoço e aproximou o corpo do dele.

O Conde sentiu-se extasiado. Ambos sabiam que sentiam uma emoção tão pura, tão perfeita, que sempre haviam procurado, sem saberem que existia.

—Eu a amo! Eu a amo tanto! Eu a adoro!

Então, tomou-a nos braços e levou-a escada acima, para o quarto...

Muito mais tarde, naquela noite, Ofélia sussurrou;

—Não sabia que era... possível ser tão feliz... e não estar no paraíso.

—Quero que seja sempre feliz, minha preciosa e perfeita esposa.

—E eu o fiz feliz?

—Como você, eu também não sabia que tanta felicidade era possível neste mundo.

—Você é tão maravilhoso... eu o amo.

A cabeça de Ofélia estava no ombro do Conde e os braços dele a rodeavam.

Pensou que nenhuma outra mulher podia ser tão meiga, doce e também tão sensível a tudo que ele desejava dela.

Tinha sido muito gentil, sabendo, por sua vasta experiência, que ela precisava ser despertada gradualmente para as maravilhas do êxtase do amor. Caso contrário, poderia se amedrontar e perder a confiança nele.

Mas o amor de Ofélia transformava tudo que ele fazia em algo divino e experimentou um enlevo que nunca havia sentido antes.

Agora que ela estava a salvo, em seus braços, para sempre, ele lhe disse:

—Tenho algo para lhe contar, minha querida.

—O que é?

—Sua madrasta morreu.

Ela ficou em silêncio, depois perguntou:

—Você... a matou?

—Não, ela tomou uma dose excessiva de láudano. Saiu nos jornais.

—Será que é perversidade minha ficar contente?

—Acho que o mundo se tornou um lugar melhor e mais limpo sem a presença dela.

—E papai... ficou livre!

Ofélia respirou fundo.

—Talvez agora, ele volte a ser como era, quando mamãe vivia; era gentil, simpático e interessado por mim. Foi minha madrasta que o transformou.

—Quando você quiser, diremos a ele que nos casamos.

O Conde sabia em que Ofélia estava pensando, antes que ela dissesse, baixinho.

—Posso pedir-lhe uma coisa?

—Claro, minha querida. O quê?

—Podemos manter o segredo e ficar aqui, sozinhos, por muito tempo? Acho que é egoísmo meu, mas quero você só para mim...

Rake riu.

—E eu também a quero só para mim e para sempre, meu amor, toda para mim... até a eternidade...

Então, Ofélia começou a beijar os ombros dele, murmurando, entre cada beijo:

—Eu o amo... eu o amo... eu o amo.

O tom de paixão da voz de Ofélia, e a proximidade do seu corpo, incendiaram os olhos dele. Puxou-a para mais perto.

—Eu a adoro.

Beijou-a e sentiu seu coração bater mais forte, e foi como se estivessem envolvidos pelas asas do amor, com a divina proteção de Deus.

Um nos braços do outro, sem nada que os separasse, para sempre...

FIM